2021 신춘문예 당선 동화동시집

2021 신춘문예 당선 동시동화집

초판발행 2021년 2월 4일
지 은 이 김응현 외
발 행 인 노용제
기 획 정은출판 기획부
발 행 처 정은출판
등록번호 신고 제301-2011-008호(2004. 10. 27)

주 소 04558 서울시 중구 창경궁로1길 29. 3F
전 화 02)-2272-8807, 02)-2272-9280
팩 스 02)-2277-1350
홈페이지 www.je-books.com
전자우편 rossjw@hanmail.net

ISBN 978-89-5824-425-7 (03810)

2021

신춘문예 당선 동화동시집

정은출판

| 머리말 |

우리 마음속의 동네

꿈이 살아 숨 쉬는 동네에는 아이들 소리로 가득합니다.

오래전 동네에는 아이들이 여러 놀이를 하며 놀았습니다. 시간 가는 줄도 모르고, 해가 져도 아이들 소리로 가득했습니다. 저녁 먹자는 엄마의 소리를 듣고 아이들은 헤어집니다. 그것도 서운한 마음으로…

스마트폰 세대로 통칭하는 지금 시대의 아이들은 어디에 가 있을까요?

한 아이가 태어나면 온 동네가 키운다고 하는데, 시대의 변화에 따라 동네의 유형도 거의 완전히 달라졌습니다. 지리적 차원의 동네도 많이 없어지고 정서적 동네는 와이파이와 SNS로 상징되는 가상의 동네로 재편된 지 이미 오래되었다고 보면 될 것입니다. 지금 시대의 진정한 동네는 어디일까요?

동화와 동시는 시간적, 지리적 정서적 아이들의 동네이며, 우리의 동네입니다

동화와 동시 속에는 사계가 흐르고 바로 어제 우리들의 이야기가 있습니다. 내 자녀의 언어로 쓰인 서사는 동네가 모티프가 되고 어른의 동심으로 쓰고 아이들에게 읽히는 과정을 통해 교감하고 한없이 이어질 것입니다.

모두가 마음속의 동네에서 마음껏 놀고, 휴식하고, 성장하길 소망합니다.

동화·동시를 쓰는 어른들은 이 동네를 만들고 있습니다.

여기에 2021 신춘문예 동화·동시 당선작가님들이 만든 동네에서 모두가 한나절이라도 마음껏 놀 수 있기를 바라는 마음으로 새해를 시작하며 이 책을 출간합니다.

언론사 신춘문예를 통해 엄선된 작품들은 아이들과 아이를 키우는 어른들에게 더 안전하고 든든한 동네를 펼쳐줍니다. 많은 시간 창작에 애쓰며 실력을 다져온 작가님들께 감사를 전하며 다시금 당선 축하를 드립니다.

작으나마 아이들이 작품을 읽고 난 후 쓰고, 그리고, 낙서할 수 있는 독후활동 공간을 마련하였습니다.

많은 스마트한 매체 속에서도 지속해서 신문이라는 매체를 유지하며 매년 신춘문예를 통해서 참신하고 실력 있는 작가들을 발굴하는 신문사에게 또한 감사를 드립니다.

그동안 코로나19로 인해 많이 지쳐 있었던 우리의 마음을 위로하기 위해 이제 우리 동네로 들어갑시다.

2021년 1월
정은출판 기획부

차례

동화

동시

동화

강원일보

김응현

1967년 서울 출생
어린이책작가교실 재학 중
2021년 〈강원일보〉 신춘문예 동화부문 당선
ringten@naver.com

목각인형

김응현

학교가 끝나고 나왔을 때 잔눈발이 날리더니 어느새 함박눈으로 바뀌었다. 그래도 민수는 걸음을 재촉하지 않는다. 일찍 가더라도 집에는 아무도 없다. 엄마가 오는 늦은 시간까지 민수는 외딴집에 혼자 있어야 한다. 혼자 있으면 외롭고 무섭다.

'누구라도 있었으면.'

길을 걷는데 쓰레기통이 민수의 눈에 들어왔다. 안에는 눈에 반쯤 덮인 목각인형이 있었다.

"불쌍해."

민수는 목각인형을 꺼내 눈을 훅 불어냈다. 목각인형을 들고 다시 집으로 향했다.

민수가 외딴길로 접어들었을 때, 나무 아래에서 눈을 피하고 있는 고양이가 보였다. 고양이는 민수를 빤히 쳐다보았다. 이곳에서 자주 본 뚱뚱한 얼룩무늬 고양이였다. 얼룩 고양이는 팔짱을 끼고 두 발로 서 있었다. 마치 사람처럼.

"외톨이가 오늘은 목각인형을 가지고 가네."

고양이가 말을 하자 민수는 깜짝 놀라서 목각인형을 떨어뜨렸다. 주워서 눈을 터는데, 고양이가 다가왔다.

"왜 그렇게 더러워?"

"쓰레기통에 있었거든."

"더러운 걸 왜 가지고 왔어?"

"불쌍해서 내가 친구가 되어 주려고."

"거짓말, 친구는 네가 필요하겠지. 너 가족도 없지?"

"엄만 있어!"

민수는 자기도 모르게 높아진 목소리를 낮추었다.

"일하느라 집에 늦게 오지만……."

고양이가 다시 걷는 민수를 따라붙으며 말했다.

"내가 목각인형 움직이게 해 줄까?"

"정말? 그럴 수 있어?"

"난 마법사 고양이야. 이건 마법 지팡이고."

고양이는 작은 지팡이를 들어 보였다.

"대신 먹을 걸 줘."

"마법사가 음식도 못 만들어?"

"내가 할 수 있는 마법이 있고 할 수 없는 마법이 있어."

고양이는 퉁명스레 말하고는 민수를 따라 두 발로 느릿느릿 걸었다. 민수와 고양이의 머리에 눈이 하얗게 쌓여갔다.

"힘들면 네 발로 걸어. 내가 지팡이 들어줄게."

"괜찮거든!"

고양이는 사람인 양 더 꼿꼿하게 두 발로 걸었다.

민수는 집에 도착해서 거실에 있는 나무난로에 장작을 넣고 불을 지폈다. 집안은 금방 따뜻해졌다.

"고양이들은 뭘 먹지?"

민수는 난로 옆에서 몸을 녹이는 고양이에게 물었다.

"있는 거 다 꺼내 봐."

민수는 이것저것 먹을 만한 것을 식탁에 올려놓았다. 고양이는 식탁 위로 올라가 떡하니 자리 잡고 앉았다.

"뭐가 더 필요할까?"

"젓가락은?"

젓가락을 가져다주자, 고양이는 젓가락 한 짝을 움켜쥐고는 음식 하나를 쿡 찍어서 입으로 가져갔다.

민수는 부드러운 천으로 정성스레 목각인형을 닦았다.

고양이는 배부르게 먹고 나서 식탁에서 내려왔다.

"목각인형이 움직이려면 너의 힘을 나누어 주어야 해."

"그럼 나는 어떻게 되는데?"

"몸 어딘가가 좀 아플 거야."

"그래도 좋아! 난 친구가 필요해."

고양이가 마법 지팡이로 민수와 목각인형을 톡톡 치며 외쳤다.

"수리수리-야옹야옹-마하수리 얍!"

무지갯빛 구름 같은 것이 민수의 몸에서 빠져나와 목각인형에게 흘러 들어갔다. 그와 동시에 민수의 다리가 아팠다.

그런데 누워있던 목각인형이 일어서서 걷기 시작했다.

"우아! 움직인다."

민수는 너무나 기뻐 아픈 것도 잊었다.

하지만 목각인형은 걷기만 했다. 걸어 다니며 여기저기 부딪혔다. 부딪혀서 넘어지면 일어나서 또 걸었다.

"왜 걷기만 해?"

"지능이 없어서 그래."

"그럼 어떻게 해야 하는데?"

"따뜻한 물로 목욕하게 해 주면 지능을 넣어 줄게."

"고양이는 목욕 싫어하잖아."

"내가 아직도 보통 고양이로 보이니?"

민수는 난로 위의 주전자 물로 따뜻한 목욕물을 만들었다.

욕실로 들어간 고양이의 흥얼거리는 노랫소리가 밖으로 흘러나왔다.

민수는 목각인형이 더는 부딪치지 않게 바닥에 있는 물건들을 치웠다. 그러나 소용없었다. 걸려서 넘어지지 않으면 벽에 부딪혀 넘어졌다.

욕실에서 나온 고양이의 털빛이 선명해졌다.

"털 색깔이 달라졌네!"

고양이는 짐짓 못 들은 척하며 말했다.

"이번엔 너의 지능을 나누어 주어야 해."

"그럼 나는 어떻게 되는데?"

"머리가 좀 아플 거야. 학교 성적도 떨어지겠지."

"그래도 좋아! 난 친구가 필요해."

고양이가 마법 지팡이로 민수와 목각인형을 톡톡 치며 외쳤다.

"수리수리—야옹야옹—마하수리 얍!"

또다시 무지갯빛 구름이 민수의 몸에서 빠져나와 목각인형에게 흘러 들어갔다. 이번엔 머리가 아팠다.

그때 목각인형이 우뚝 걸음을 멈췄다. 주위를 둘러보더니 민수 앞으로 와서 앉았다.

"우아! 이제 같이 놀 수 있겠다!"

민수는 기분이 좋아져서 머리가 아픈 것도 잊었다. 신이 나서 블록을 가져다가 집을 만들기 시작했다.

목각인형은 블록 집이 만들어지는 것을 보고만 있었다. 그런데 블록 집이 만들어지자 목각인형이 벌떡 일어서더니 발로 찼다. 블록 집이 무너지고 블록들이 흩어졌다. 목각인형은 아무 일도 없었다는 듯이 다시 제자리에 앉았다.

민수는 어리둥절했다. 목각인형의 행동을 이해할 수 없었다. 고양이를 바라보았지만, 고양이는 난로 옆에 누워 무심히 하품만 하고 있었다.

'모르고 그랬을 거야.'

민수는 블록 집을 다시 만들기 시작했다.

'내가 못 하게 하면 안 그럴 거야.'

그런데 블록 집을 다시 만들자마자 목각인형이 또 달려들었다. 민수가 두 손으로 막았지만, 목각인형은 바닥에 생긴 틈으로 발을 뻗었다. 블록들이 여기저기로 또 흩어졌다.

민수는 눈물도 나고, 화도 났다. 목각인형은 다시 제자리로 돌아가 앉았다.

"목각인형이 왜 그래?"

"따뜻한 마음이 없어서 그래."

"그럼 어떻게 해야 하는데?"

"여기서 살게 해 주면 따뜻한 마음을 넣어 주지."

고양이가 마법 지팡이를 만지작거리며 말했다.

"이번엔 너의 따뜻한 마음을 나누어 주어야 해."

"그럼 나는 어떻게 되는데?"

"따뜻한 마음이 줄어든 만큼 마음은 차가워져. 외로움도 줄고."

"좋은 거야?"

"나는 좋던데. 외로움을 모르니까 친구도 필요 없고."

민수는 생각했다.

'외롭지도 않고 친구도 필요 없다고?'

민수는 혼자 있던 시간들이 떠올랐다.

"목각인형에게 다 줄래."

"모두 다?"

"응. 외로움이 없어져 버리면 좋겠어."

고양이가 마법 지팡이로 민수와 목각인형을 톡톡 치며 외쳤다.

"수리수리—야옹야옹—마하수리 얍!"

또다시 무지갯빛 구름이 민수의 몸에서 빠져나와 목각인형에게 흘러 들어갔다.

이번엔 가슴이 아팠다.

'아픈 것도 다 목각인형 때문이야.'

민수는 목각인형을 노려보았다.

그런데 목각인형이 흩어져 있던 블록들을 모으더니 집을 만들기 시작했다.

'이번엔 내가 블록 집을 발로 차고, 목각인형을 내쫓을 거야. 이제 친구 따위는 없어도 되니까.'

목각인형은 블록 집을 만드는 데 민수보다 오래 걸렸다. 민수는 블록 집이 만들어지기를 꾹꾹하게 기다렸다. 드디어 블록 집이 만들어졌다. 목각인형은 자랑스레 블록 집을 민수 앞으로 내밀었다.

민수가 블록 집을 힘껏 차자 블록들이 멀리 날아갔다. 그리고 소리쳤다.

"이젠 친구 따위 필요 없어! 쓰레기통으로 돌아가!"

민수는 목각인형이 나갈 수 있게 문을 열었다.

목각인형은 눈 쌓인 마당으로 걸어 나갔다. 눈은 목각인형의 허리까지 왔다. 잠시 돌아보고 나서 고개를 숙인 채 다시 걸었다.

민수는 문에서 그 모습을 지켜보았다.

'하나도 불쌍하지 않아!'

민수는 문을 쾅 닫아버렸다.

난로 옆에 누워있던 고양이가 눈을 떴다가 다시 감았다. 집안은 조용해졌다. 난로에서 타닥타닥 장작 타는 소리만 났다.

민수는 잠이 든 고양이 옆에 웅크리고 앉았다.

'목각인형을 쫓아내고 좋아진 게 뭘까?'

민수의 마음을 뭔가가 무겁게 짓눌렀다. 민수는 창밖을 보았다. 마당에는 목각인형이 눈을 헤치며 지나간 자국이 있었다. 그 위로 눈이 쌓여 갔다.

민수는 밖으로 나가 목각인형이 지나간 자국을 따라갔다. 자국이 점점 흐려지자 민수는 뛰었다.

쓰레기통 옆에 목각인형이 있었다. 민수가 목각인형을 발견한 그 쓰레기통이다. 목각인형은 쓰레기통에 기대앉아 눈을 고스란히 맞고 있었다.

민수의 눈에서 눈물이 저절로 흘러내렸다. 목각인형을 품에 안았다.

"미안해."

집으로 돌아온 민수와 목각인형은 흩어져 있던 블록들을 다시 모았다. 그러고는 아까보다 더 커다란 집을 같이 만들기 시작했다.

고양이가 늘어지게 하품하며 일어났다. 잠에서 깬 고양이는 민수가 목각인형과 사이좋게 놀고 있어서 깜짝 놀랐다.

'이상하다. 외톨이가 왜 변하지 않았지? 따뜻한 마음은 없어지

지 않나?'

"너도 같이 놀자."

민수가 고양이에게 블록을 내밀었다.

"고양이는 이런 거 안 좋아해."

"너는 보통 고양이랑 다르다며."

민수는 블록을 더 가까이 내밀었다.

"알았어. 같이 살아야 하니까 놀아 줄게."

"거짓말, 너도 같이 놀고 싶지?"

"그래, 같이 노는 느낌이 어떤 건지 궁금하긴 해. 그러려면 나도 너의 따뜻한 마음이 필요해."

"좋아!"

고양이가 마법 지팡이로 민수와 자신을 톡톡 치며 외쳤다.

"수리수리—야옹야옹—마하수리 얍!"

이번엔 무지갯빛 구름이 민수의 몸에서 빠져나와 고양이에게 흘러 들어갔다.

언제나처럼 늦게 온 민수 엄마는 집안에 생기가 돌고 있어서 놀랐다. 민수는 오늘 있었던 일을 엄마에게 말했다. 이야기를 다 들은 엄마는 모두를 위한 맛있는 저녁을 준비했다.

글을 읽고 내 생각을 적어보아요.

당선소감 김응현

아이의 삶을 이해하는, 재미있는 이야기를 만들고 싶다.

두 딸이 어렸을 적 즉석에서 이야기를 만들어 들려주곤 했다. 당연히 엉성하고 터무니없는 이야기였다. 그래도 딸들은 흔쾌히 이야기 속으로 들어가 북극곰과 놀고, 과거로 가서 공주가 되기도 했다. 지금은 늦둥이 아들이 곰과 힘겨루기를 하고, 외계인을 만난다. 그러나 한편으로는 얼토당토않은 이야기도 좋아하는 아들딸을 보며 책임감을 느낀다. 아이의 삶을 이해하는, 그 속으로 들어가는 이야기를 만들고 싶다.

나에게 아홉 살 아이의 세계를 엿보게 해 주고, 때로는 그곳으로 나를 이끄는 아들 하빈, 늘 곁에 있어 주는 아내와 두 딸에게 고마움을 전합니다.

임정진 선생님, 정해왕 선생님 감사합니다. 또한, 이야기를 들고 나갈 수 있게 문을 열어주신 심사위원 선생님들과 강원일보에 감사드립니다.

심사평

"관계 맺음 속 성장의 고통 동화적 상상력으로 그려"

205편의 응모작 가운데 본심에 올라온 작품은 10편으로 그중 3편이 심도 있게 논의되었다. '휴지통공주'는 메모리랜드에서 온 '유 공주'를 내세워 '상실'이라는 다소 어두운 주제를 유쾌하게 풀었으나, 전반부에 나열된 에피소드들이 장황했다. '속닥속닥 바다에 사는 고래'는 작가의 풍부한 상상력과 능수능란한 기교가 돋보였으나, 독자를 억지로 끌고 가려는 인위적인 면이 불편했다. 아무리 독서가 좋다고 해도 좋아하는 체육 시간을 빼앗긴 아이의 상실감은 어디서 보상받을까. '얼룩고양이와 민수와 목각인형'은 관계 맺음으로 인한 성장의 고통을 말하고 있다. 이질적인 세 존재의 관계 맺음에서 필요한 희생, 배려, 나눔의 덕목을 동화적인 상상력을 발휘하여 아름답게 그렸다. 거듭 읽을수록 잔잔한 감동이 느껴진다. 당선자의 발전 가능성을 믿으며 축하의 말을 전한다.

심사위원 권영상 · 원유순 아동문학가

경남신문

남 경 희

1960년 부산 출생
일본 다이쇼대학 일문학박사
창신대학교 일본어과 교수 역임
번역서『고릴라 아저씨네 빵집』시라이 미카코 글, 남경희 옮김
2021 〈경남신문〉 신춘문예 동화부문 당선
khn7601@naver.com

내 이름은 구름이

남경희

나는 길냥이야. 따스한 봄날 장터 구경에 나섰어.

산길을 내려와 샛길로 들어서자 장터가 나왔지.

입구에 들어서서 코를 킁킁거리는데, 누런 녀석이 나타나 묻지 뭐야.

"너 누구야? 처음 보는데."

나는 잠시 망설이다 대답했어.

"나 저 산동네 헛간에 살아."

"그게 아니라 이름이 뭐냐고?"

누런 녀석은 털을 잔뜩 부풀리며 쳐다봤어. 그래서 내가 되물었지.

"네 이름은 뭔데?

"나 누렁이. 황소처럼 생겼다고 할아버지가 이름 지었어."

웃음이 쿡 나올 뻔했어. 멋진 이름도 많을 텐데 하필이면 누렁이라니.

"나 이름 같은 건 없어."

내가 당당하게 말하자 누렁이 눈이 왕방울만 해졌어.

그러자 담장 위에서 우릴 지켜보던 녀석이 말했어.

"이름 없는 고양이도 있어?"

턱시도를 입은 것처럼 온몸이 까만데 발만 하얀 녀석이야. 꼬리를 바짝 치켜세우고 좁은 담장 위를 사뿐사뿐 걸어왔어. 꼭 모델 같은 걸음이야.

내 앞으로 폴짝 뛰어내리더니 "나는 흰양말." 그러는 거야. 목소리가 도도하고 까칠해.

또 한 번 웃음이 터질 뻔했어. 왜들 이름 짓는 감각이 그렇게 꽝인지.

그럼 나는 까만 몸에 군데군데 흰털이 있으니 얼룩이가 되는 건가? 아니면 앞발과 뒷발 색이 다르니 짝짝이양말이라 해야 하나?

그런 이름이라면 차라리 없는 게 낫다고 생각해 말했지.

"이름 같은 거 꼭 있어야 해?"

내 말에 누렁이가 코를 벌렁거리며 말했어.

"당연하지. 강아지도 다들 이름 있잖아?"

더 큰 소리로 내가 말했어.

"지금이라도 당장 내 이름 만들 수 있어. 하지만 이름 없어도 하나도 불편하지 않은걸."

그러자 흰양말이 말했어.

"이름이 있다는 건 불러줄 사람이 있다는 거지. 그게 더 중요해.

우리 집사는 말이야…….”

흰양말은 자기 주인이 하루에도 수백 번 자기 이름을 부른다며 자랑했어. 지난주엔 수면 방석을 사다 줬다며 자랑이 끝도 없는 거야. 방석 위에 몸을 대면 잠이 쏟아진다나.

아무리 좋은 방석인들 우리 헛간 지붕만 할까? 양철 지붕에 누우면 아랫배가 따끈따끈, 잠이 솔솔 쏟아지거든.

나는 갑자기 장터 구경할 마음이 싹 사라졌어.

시냇물을 건너 집으로 돌아오는데, 왠지 흰양말 말이 자꾸 생각나는 거야. 수면 방석 말고 이름을 불러줄 사람이 있다는 말. 마음이 송곳에 찔린 것처럼 아파.

나는 혼자 된 지 오래됐어. 아마도 여느 길고양이보다 더 오래됐을 거야. 엄마도 아빠도 전혀 기억에 없으니까. 뭐든 내 맘대로 할 수 있어 좋긴 하지.

하지만 누군가 내 이름을 불러준다면 어떤 기분일까? 눈을 감고 생각해봤어.

목마를 때 시원한 계곡물을 마시는 느낌일까?

벚꽃 나무에 올라가 꽃잎이 흩날리는 걸 지켜보는 느낌?

아니면 캄캄한 밤에 나보다 덩치 큰 녀석이 내 앞을 쓰윽 지나가는 느낌?

아무리 생각해봐도 모르겠어. 겪어보지 못한 일이라. 몇 날을 생각하고 또 생각했지.

다시 장터로 내려갔어. 혹시라도 내 이름을 불러줄 사람이 있나 해서.

채소 가게 좌판 위에 누렁이가 몸을 동그랗게 말고 잠들어 있어. 살그머니 지나쳤어.

그러다 비릿하면서도 짭짤한 바다 냄새가 나는 가게 앞에 멈췄어.

푸른 고등어랑 은빛 갈치가 가지런히 누워있어. 빨간 생선도 있네. 침이 꼴까닥 넘어갔어.

나도 몰래 "야옹. 야아옹." 소리쳤지.

"네 이놈, 도둑고양이 저리 가!"

아저씨가 생선을 다듬다 말고 파리채를 마구 휘둘렀어. 후다닥 도망쳤지.

나 보고 '도둑고양이'라고? 안 돼. 그런 이름 싫어.

발에 끈적끈적한 껌 딱지가 붙은 기분이야. 생선을 훔칠 생각은 조금도 없었는데 말이야.

다시 장터 안으로 터덜터덜 들어갔지.

세모 지붕의 천막에 할아버지가 꾸벅꾸벅 졸며 앉아 있어.

벽에는 커다란 손바닥 그림이 걸려있었지. 그 옆엔 글씨가 쓰여 있고.

손금을 보면 당신의 미래가 보입니다

언제 내 이름을 불러줄 사람이 생길지 궁금했어.

책상 위로 얼른 뛰어 올라갔지. 말랑말랑한 내 손바닥을 동그란 돋보기 위에 펼쳐 보였어.

"야옹. 야아옹."

잠이 깬 할아버지가 화들짝 놀라 외쳤어.

"이 더러운 녀석! 여기가 어디라고 올라와?"

동그란 안경 너머 부릅뜬 눈이 튀어나올 것 같았어. 후다닥 뛰쳐나왔지.

'더러운 녀석'이라니. '도둑고양이'보다 더 싫은 이름이야.

날마다 깨끗이 하려고 혀가 아프도록 털을 다듬고 있는데.

한밤에 울어대는 개구리 떼창보다 더 듣기 싫었어.

아무래도 여긴 내 이름을 불러줄 사람이 없는 것 같아.

옆집은 사진관이야. 진열창에 놓인 가족사진을 보니 코끝이 찡했어.

그때, 꽃가게에서 어떤 아주머니가 나왔어. 양손에 꽃다발과 화분을 들었어.

바짝 마른 몸매에 등을 꼿꼿하게 펴고 걸었어. 꽃다발에서 라벤더 향이 솔솔 났어.

나는 꽃향기를 따라 아니 아주머니를 뒤따라갔지.

도착한 곳은 빨간 지붕에 꽃밭이 있는 집이야.

푸른 잔디에는 잡초 하나 없이 깔끔했어. 크고 작은 화분에 꽃들이 알록달록 피어있었지.

나는 담장 아래 웅크리고 앉아 집안을 들여다보았어.

아주머니가 마당에 구덩이를 파더니 들고 온 하얀 나무수국을 옮겨 심었어. 포도송이처럼 생긴 꽃송이가 하늘하늘 춤을 추었어. 다시 흙을 덮고는 물뿌리개로 물을 뿌렸어. 가느다란 주둥이에서 맑은 물이 콸콸 나왔지. 갑자기 나도 목이 마르는 거야.

"야옹. 야아옹."

"어머나, 너도 목마르니?"

아주머니가 놀란 얼굴을 했지만, 눈빛이 따뜻했어.

"잠시만 기다려 봐."

아주머니는 물뿌리개 옆에 삽과 장갑을 가지런히 내려놓았어. 자로 잰 것처럼 반듯해.

잠시 후, 파란 꽃무늬가 있는 사기그릇에 물을 담아왔어. 이렇게 예쁜 물은 처음이야.

"어서 마시렴."

내가 얼른 다가가자 아주머니는 흠칫 뒤로 물러섰어. 내 몸이 살짝 스친 치맛단을 털면서.

정신없이 물을 마셨지. 얼마나 상큼하고 시원한지.

"목이 많이 말랐구나."

아주머니가 말했어. 그리곤 엄지와 검지로 그릇을 집어 남은 물을 마당에 버리며 말했어.

"미안하지만, 난 고양이를 좋아하지 않아. 털도 날리고……."

아주머니 말에 얼굴이 화끈거렸어. 혹시라도 내 이름을 불러줄

지도 모른다고 생각했는데. 나는 도망치듯 산속 헛간으로 되돌아왔어. 꽤 오랫동안 머문 집인데 왠지 낯설어. 곰팡내도 나는 것 같고. 아주머니 얼굴만 자꾸 생각나는 거야.

그런 후, 며칠이 지났어.

요즈음은 계속 비가 내려. 오늘은 번개가 치고 하늘이 우르르 쾅쾅 요란해.

지붕에서 내려다보니 계곡물이 넘칠 것 같아. 집으로 밀어닥치면 큰일이야. 얼른 여길 벗어나야 해. 정신없이 산길을 내려와 보니 아주머니 집 앞이었어.

어디 숨을 곳이 없나 찾아봤어. 마침 처마 밑에 빈 화분이 있길래 얼른 뛰어 들어갔지. 생각보다 아늑해. 때마침 아주머니가 집 안에서 나오며 말했어.

"꽃들이 비를 너무 많이 맞는데……."

빨간 우산에서 후드득후드득 빗소리가 났어.

아주머니는 처마 밑으로 화분을 하나씩 들여놓기 시작했지.

하늘에서 수백 대의 오토바이가 달리는가 싶더니 불기둥이 번쩍 내리꽂혔어.

우르릉 우르르 쾅!

"아이고, 무서워!" "야옹!"

아주머니와 내가 동시에 소리쳤어. 내 소리를 들었는지 아주머니가 다가왔어.

"어머나, 너였구나. 이런, 홀딱 젖었네. 어떡하지?"

아주머니가 나를 물끄러미 쳐다봐. 그러더니 종이상자를 현관에 내놓고 들어오래.

나는 폴짝 뛰어 상자 안으로 들어갔지. 포근하고 뽀송뽀송했어.

그런데, 문제가 생겼어. 아주머니가 코를 틀어막고 날 쳐다보며 말하는 거야.

"너 좀 씻어야겠어."

나는 몸에 물이 닿는 걸 아주 싫어해. 온몸이 비에 젖었는데 또 씻는다니. 기가 막혀.

아주머니가 나를 목욕탕으로 데려갔어. 타일 바닥이 물 한 방울 없이 반짝반짝 빛이 났어.

샤워기를 틀자 햇살 같은 물줄기가 나왔어. 물이 내 몸에 닿자 간지럽기도 하고 아무튼 불편하고 싫었어. 하지만 꾹 참았지. 너무 참아 몸이 바들바들 떨려.

그러다 어떻게 된 일인지 내 몸이 거품으로 온통 뒤덮이고 말았어.

'나는 눈사람이 아니라고요. 고양이에요. 고양이.'

너무 놀라 이리저리 날뛰었어. 온 목욕탕에 거품이 튀고 난리도 아니었지.

아주머니가 옷에 튄 거품을 털며 소리쳤어. 금방이라도 울 것 같은 얼굴이야.

"샴푸로 씻어야 고약한 냄새가 없어져. 안 그러면 너 밖으로 가야 해."

밖에는 아직도 천둥소리에 빗소리가 요란해. 그건 더 끔찍해.

할 수 없이 나는 눈을 꼭 감고 얌전히 있었어. 돌멩이처럼 말이야.

휴! 드디어 끝났나 봐. 보들보들한 수건이 내 몸을 감쌌어. 꽃향기도 뿜뿜 나고.

물기를 닦아내던 아주머니가 소리쳤어.

"어머! 네 등에 구름이 있어. 하얀 털이 보들보들 한 게 꼭 뭉게구름 같아."

나도 깜짝 놀랐어. 내가 구름을 좋아하긴 하지. 헛간 지붕에 누워 늘 쳐다보곤 했으니까.

"어디 보자. 네 이름 '구름이'라 불러야겠다. 마음에 들어? 구름아."

아주머니의 달콤한 목소리가 내 마음에 사르르 녹아들었어.

'야호! 드디어 내 이름을 불러줬어!'

온몸이 찌릿찌릿하고 눈물이 날 지경이야. 구름 위를 팡팡 뛰다 데구루루 구르고 싶은 그런 기분. 온몸에서 저절로 갸르릉갸르릉 노래가 나와. 마음에 딱 드는 멋진 이름이야.

"구름아, 오늘 같은 날 네가 있어 줘서 참 다행이야. 하늘나라 남편이 널 선물로 보내 줬나봐. 나랑 같이 여기서 살래?"

아주머니가 천둥을 무척 무서워하나 봐. 내가 지켜줘야겠지? "야옹."하고 대답했어.

여기서 산 지 벌써 일주일 지났나 봐. 아직도 내 이름을 불러줄 때마다 마음이 콩콩 뛰어.

그런데, 요즈음 아주머니가 좀 이상해진 거 같아.

오늘은 장날이라 아주머니는 장터에 갔다 왔거든.

대문에 들어서면서 "구름아!" 하길래 달려나갔지.

어찌나 반가운지 뒹굴다 못해 배를 드러내고 골골골 노래했어.

나를 쓰다듬던 아주머니가 "엄마 많이 기다렸어?" 그러는 거야. '엄마'라는 말에 눈물이 날 뻔했지 뭐야. 그리고 나를 번쩍 들어 올리며 혼잣말을 했어.

"누군가 날 반겨준다는 게 이렇게 행복한 거구나."

눈에는 이슬방울이 가득 맺혀 있었어.

그리고 장바구니에서 노란 방석을 꺼내 거실에 내려놓았어. 흰 양말이 말하던 그 수면 방석 말이야. 날 방석에 앉히며 말했지.

"오늘부터는 찬 데서 자지 말고 여기서 자."

아주머니는 깔끔한 걸 좋아해. 지저분한 건 못 참거든. 매일 씻고 털고 말리고 아주 바빠. 그래서 나는 마당과 현관까지만 들어갈 수 있었어. 털도 날리고 흙발로 들어오면 안 된대. 그런데 거실에 들어와서 자라니 좀 낯설었어.

이상해진 거 맞지? 내일 누렁이랑 흰양말을 만나 물어봐야겠어.

어쨌든 나는 행복해. 혼자 살 때보다. 지금 아주머니 무릎에 앉아 햇볕을 쬐고 있어.

"구름아, 오래전 어느 시인이 이렇게 노래했어. 내가 그의 이름을 불러주었을 때 그는 나에게로 와서 꽃이 되었다고. 꼭 너를 두고 지은 시 같아."

아주머니가 나를 쓰다듬으며 환한 웃음을 지었어. 하늘엔 뭉게구름이 두둥실 피어올랐지.

글에서 떠오르는 장면을 그림으로 그려보아요

당선소감 남경희

어린 시절, 동화책 속에서 성냥팔이 소녀와 꾀 많은 토끼, 달타냥을 만나 웃고 슬퍼하던 기억은 아직도 생생합니다. 그 책들은 모두 아버지가 보수동 헌책방에서 사 오신 것이었지요. 이북에 고향을 둔 아버지는 어려운 형편 속에서도 딸의 '동심'을 지키려는 든든한 울타리였습니다.

성장하면서 초등학교 교사를 꿈꾸었습니다만, 어쩌다 대학생들과 이십여 년 세월을 같이 보냈습니다. 제각각 다른 빛깔을 가진 그들 속에도 '동심'은 살아 움직였습니다.

주름 꽃 활짝 핀 여고 동창끼리의 단풍길에도, 강가에서 물수제비뜨기를 하는 중년의 돌멩이 속에도, 봉숭아꽃물이 든 할머니의 거친 손가락에도 '동심'은 살아있습니다. 때로는 순수함과 설렘으로 때로는 수줍음과 엉뚱함으로 '동심'은 질긴 생명력을 갖고 변화하며 우리 삶을 풍요롭게 합니다. '동심'은 신이 주신 참으로 아름다운 선물임이 틀림없습니다.

대학을 퇴임하면서 다양한 '동심'을 그림책이나 동화로 표현해 보겠노라 늦깎이의 꿈을 가지게 되었습니다. 조금씩 느는 그림 실력과는 달리 동화 쓰기란 결코 녹록지 않은 길이었습니다. 한계에 부딪힐 때마다 격려해주신 존경하는 김재원 선생님, 함께 공부하는 글나라, 센동의 멋진 문우들, 첫 독자를 자처하고 냉정한 피드백과 더불어 '글감 찾기'라는 그럴싸한 명분으로 수많은 여행길로 이끌어준 남편, 글 쓰는 데 도움이 될까 하여 자신의 손주 동영상을 보내주는 친구들이 있었기에 동화의 끈을 놓지 않았습니다.

사상 유례없는 코로나 상황인지라 올해는 산타할아버지가 못 오시겠거니 했는데, 전화로 '당선'이라는 깜짝 선물을 안겨 주셨습니다. 부족한 글임에도 동화작가라는 스타트라인에 세워주신 심사위원님, 경남신문사 여러분께 감사드리며 더 좋은 작품으로 보답하겠습니다.

끝으로 사랑하는 어머니, 항상 든든한 버팀목이 되어주는 다정한 남편과 잘 성장해준 두 아들과 사랑스러운 며늘아기, 온 가족과 기쁨을 나누겠습니다.

오늘따라 하늘나라 아버지가 한없이 그립습니다.

따뜻한 동심의 시선이 빚어낸 감동

동화에서는 어린이의 마음과 현실의 사실감 사이의 균형을 잘 맞추는 것이 중요하다. 아이들이나 동식물을 소재로 삼았다고 다 동화가 되는 것은 아니다. 어떤 이야기를 쓰든 그 안에는 감동의 요소가 있어야 하며, 그 감동 끝에 자연스럽게 교훈이 전달되어야 한다.

본심에 올라온 6편 모두 수작이었으나, 고심 끝에 '내 이름은 구름이'를 당선작으로 뽑았다. 이름을 가져본 적이 없는 길고양이가 자신에게 이름을 붙여줄 사람을 찾는 이야기이다. 천둥 치는 날, 꽃가게 아주머니가 고양이를 집에 들여 씻긴 후, 고양이 등에 구름 같은 흰털이 있다며 구름이라는 이름을 붙여준다. 작가는 길고양이와 아주머니를 대등한 시선으로 따뜻하게 바라보는데 이것이 동심의 시선이다. 아픔을 가진 둘이 만나 서로에게 행복을 주는 결말이 감동적이고, 꾸밈없이 담백하고 간결한 문장 역시 작가의 역량을 신뢰하게 만들었다.

'수상한 이웃'은 아파트 옥상 위에 사는 다문화가정의 상황을 감동적으로 드러냈으나, 단락 구분을 계속한 전개 방식이 애매하고 작가의 가치관이 직접 드러난 결말이 아쉬웠다. '전단지 떼는 아이'는 엄마의 공부방 전단지를 떼던 아이가 엄마를 이해하는 과정이 흐뭇했지만, 구성 방식에서 이미 결말을 예측할 수 있어 아쉬웠다. '캣 드림빌 옥탑방'은 길고양이의 집을 청소하고 자신의 상처도 치유 받는 예쁜 이야기이지만, 지나치게 무난한 결말이 아쉬웠다. '새 똥 맞기 대작전'은 새 똥을 맞아 소원을 이루려는 내용이 재미는 있으나, 주인공의 과한 행동에 대한 개연성이 부족하였다. '눈 떠 보니 내가 세 명' 역시 작가가 입담 좋게 이야기하는 듯 잘 읽혔지만, 비현실적인 이야기의 발단에 개연성을 얻기가 부족해 보였다.

당선자에게 축하를, 아쉽게 탈락한 예비작가들에게는 위로와 격려를 보낸다. 등단은 시작일 뿐, 끝까지 쓰는 사람이 진짜 작가이다.

심사위원 배익천 동화작가 · 김문주 아동문학가

경상일보

윤혜경

필명 윤수
1980년 마산 출생
성균관대학교 식품생명공학과 졸업
2021년 〈경상일보〉 신춘문예 동화부문 당선
yoonhyekyong@gmail.com

범인은 누구?

윤혜경

낙엽이 우수수 떨어지고, 바람이 차가워요. 어느새 겨울이 왔어요. 지금 1학년 1반인 나는 내년에는 2학년 1반이 되어요. 우리 학교는 각 학년이 한 반씩만 있어요. 나는 모든 초등학교는 다 그런 줄 알았어요. 우리 집에 놀러 온 사촌 언니가 한 학년에 한 반만 있다는 내 말을 믿지도 않고, 나중에는 마구 놀려댔어요. 그래서 화도 났어요. 하지만 나는 우리 학교가 정말 좋아요. 어느 날, 학교에서 이상한 일이 일어났어요. 수업 시간에 선생님이 읽어주시는 동시가 자장가처럼 들릴 때였어요. 창밖에서 아기 울음소리가 들렸어요. 나는 짝꿍 가희와 눈이 딱 마주쳤어요. 그 순간 가희가 손을 번쩍 들고 말했어요.

"선생님! 아기 울음소리가 들려요."

"맞아요. 저도 들려요."

"아기 울음소리? 아니, 어디서?"

"창밖에서요."

선생님은 안경을 올리며 창문을 열고 고개를 밖으로 내밀었어요. 창밖을 이리저리 둘러보시던 선생님이 고개를 끄덕이며 말씀하셨어요.

"아휴, 깜짝이야. 얘들아, 아기가 아니라 고양이구나."

"고양이요? 아기 고양이인가요?"

"다 큰 고양이 같은데?"

"고양이는 가끔 아기처럼 울기도 해. 나도 들은 적 있어. 우리 동네 도둑고양이 울음소리."

여기저기서 웅성웅성. 아이들은 제각기 고양이에 대해 아는 것을 이야기했어요. 곧 수업을 마치는 종소리가 들려왔어요. 나와 친구들은 교실 밖으로 뛰어나갔어요. 우리 반 창문 아래 고양이 한 마리가 앉아 있었어요. 고양이의 검은 털은 햇살을 받아 빛이 났어요. 고양이는 도망가기는커녕, 도도한 표정으로 우리를 쳐다봤어요. 집에 고양이를 키우고 있는 다빈이가 말했어요.

"아무래도 배가 고픈 것 같은데. 먹을 거 없을까?"

늘 간식을 가지고 다니는 준서가 잠시 생각하더니 주머니에서 무엇인가를 꺼냈어요.

"학교 마치고 먹으려던 소시지인데. 이거 줘도 될까?"

"와. 준서야! 대단하다."

다빈이가 준서의 소시지를 조금씩 잘라 고양이 앞에 놓았어요. 배가 고팠던지, 고양이는 소시지를 금세 다 먹었어요.

"아무래도 집이 없는 것 같아. 우리가 얘 집을 만들어 주는 건 어때?"

"그래. 내일부터 진짜진짜 추워진대."

"그런데 어떻게 만들지?"

"집을 만들 수 있을 만한 거 각자 집에서 가져오자. 상자나, 담요 같은 것도."

수업 시작종이 울렸어요. 교실에 앉아 있었지만, 머릿속은 온통 고양이 집 생각으로 가득했어요. 학교를 마치고 집으로 돌아갈 때도 검은 고양이는 그 자리에 있었어요. 친구들과 나는 고양이에게 집을 만들어 주겠다고 말했지요. 고양이는 마치 우리말을 알아들은 것 같았어요. 집에 도착하자마자 나는 온 집 안을 뒤졌어요. 하지만 아무리 찾아도 이 빠진 그릇밖에 가져갈 만한 게 없었어요. 땅바닥에 놓인 소시지를 먹던 고양이가 떠올라서 그릇을 가방에 넣었어요.

다음날, 학교에 도착한 나는 깜짝 놀랐어요. 민수가 커다란 스티로폼 상자를 가지고 왔어요. 그 상자는 겨울철 고양이 집으로 완벽했어요. 민수는 아빠한테 부탁해서 고양이가 들어갈 수 있는 문도 만들었어요. 가희는 쓰지 않는 방석을 가져왔고, 집에서 고양이를 키우고 있는 다빈이는 사료를 가져왔어요. 나는 조심스럽게 이가 나간 그릇을 꺼냈어요. 그 그릇을 보고 다빈이가 말했어요.

"오! 수진아! 완전히 잘 가져왔어. 나는 밥만 가져왔지, 밥그릇 가져올 생각을 못 했는데. 진짜 잘됐다."

"다행이다."

쑥스러웠던 내 손이 당당해졌어요. 우리는 다 같이 고양이 집을 꾸몄어요. 고양이 이름도 일반이라고 지었어요. 왜냐하면 우리 학교는 오직 1반만 있거든요. 선생님의 허락을 받고 일반이 집을 우리 교실 창문 아래에 두었어요. '일반이 집'이라는 팻말도 만들었어요. 밥그릇에 사료도 담아주고 교실로 돌아와 수업했어요. 점심시간에 일반인이 집 안에 들어가 있는 걸 보고 너무나 기뻤어요. 그릇에 담긴 사료도 반이나 줄어있었어요. 고양이는 우리가 자기를 일반이라고 부르는 것을 알아듣는 것 같았어요. 금요일에는 주말 동안 일반이가 먹을 수 있도록 사료를 가득 주고, 방석과 이불도 집 안으로 넣었어요. 하필 이번 주말에 한파경보가 내렸데요. 엄마는 집 밖으로 한 발도 나가지 말라고 했어요. 나는 일반이가 너무 걱정되었어요.

월요일 아침, 평소대로 학교에 도착했어요. 그런데 일반이의 집 앞에 우리 반 아이들이 모여 있었어요.

"왜 그래? 무슨 일이야?"

"일반이 집 지붕에 구멍이 생겼어. 누가 그런 거지? 일반이도 보이질 않아."

"지붕에 물도 뿌렸나 봐. 집이 다 젖었어."

"누가 일반이 집에다 그런 거야? 도대체 왜?"

바로 그때, 유관순 동상 뒤에서 일반이가 나타났어요. 다행히 다친 데는 없어 보였어요. 하지만 나는 일반이의 집을 엉망으로 만든 범인을 반드시 찾아야겠다고 생각했어요. 교실로 돌아와서 내 작은 수첩에 적었어요.

일반이의 집 지붕에 구멍이 났다.
구멍의 크기는 내 지우개만 하다.
비도 안 왔는데 물에 젖어있다. 범인은 누구?
범인 1 – 민수, 범인 2 – 문방구 할머니, 범인3 – 과학 선생님

의심이 가는 사람을 생각해봤어요. 고양이 털 알레르기가 있는 민수가 떠올랐어요. 민수는 고양이가 근처에 있는 것이 싫을 수 있어요. 하지만 민수는 일반이의 집인 큰 스티로폼 상자를 가지고 왔어요. 그리고 알레르기 때문에 일반이 근처에는 갈 수 없어요. 민수가 그럴 리 없어요. 수첩에 적힌 민수 이름에 엑스 표를 그렸어요.

두 번째로 학교 앞 문방구 할머니가 떠올랐어요. 할머니는 학생들에게 친절하지만, 무릎이 아파서 움직일 때마다 '아이고, 아이고' 하고 소리를 내요. 지나가는 말로 '신경통엔 고양이가 좋다던데.'라고 말하는 걸 들은 적이 있어요. 오싹한 기분이 들었어요. 곰곰이 생각해보니, 문방구 할머니는 무릎 신경통 때문에 문방구 밖으로 나가질 않아요. 할머니가 그런 것도 아닐 거예요. 문방구 할머니 이름에도 엑스 표를 그렸어요.

세 번째는 우리 학교 과학 선생님이 생각났어요. 삼 학년 언니 오빠들 사이에서 과학 선생님이 개구리나 물고기로 실험을 한다는 소문이 있대요. 수업이 없을 때도 개구리와 물고기를 잡으러

다닌다고요. 우리 오빠가 친구들이랑 이야기하는 것을 들었거든요. 선생님은 학교에 계속 있고, 새로운 고양이를 보고 실험을 하겠다는 생각을 할 수도 있잖아요? 운 좋게도 재빠른 일반이는 도망가고, 집이 망가진 게 아닐까. 소름이 돋았어요. 내 수첩의 과학 선생님 이름에 세모를 그렸어요. 아직 확실하지가 않아요. 증거가 더 필요해요. 나는 쉬는 시간에 교무실로 갔어요. 창문 틈새로 교무실 안을 바라보니 과학 선생님의 자리가 비어있었어요. '범행에 실패해서 학교에 안 오셨나.'라고 생각한 순간, 누군가 내 어깨를 잡았어요. 교장 선생님이었어요.

"으아악"

"얘야, 놀랬니? 교무실에 왔으면 들어오렴."

"아, 안녕하세요. 저 과학 선생님께 궁금한 게 있어요."

"과학 선생님은 지금 자리에 없으셔. 지난주 금요일부터 다른 학교로 교육받으러 가셨어. 내일이면 돌아오신단다."

"네."

나는 교실로 돌아와 수첩을 펴고, 과학 선생님 이름의 세모 위에 엑스를 그렸어요. '도대체 누가 그런 걸까.' 곰곰이 생각해봤지만, 더 이상 의심 가는 사람이 떠오르지 않았어요. 온종일 범인을 생각하다가 하루가 다 갔어요. 우리는 일반이의 부서진 집 지붕을 종이로 붙여주고 젖은 방석 대신 신문지를 깔았어요. 민수는 내일 새 스티로폼 상자를 가져오겠다고 했어요. 그날 저녁 뉴스에서 심한 일교차로 밤새 기온이 많이 떨어진다고 했어요. 일반이가 괜찮아야 할 텐데. 또 걱정이어요.

다음 날 아침, 나는 더 일찍 학교에 갔어요. 교문에 들어서는데, 가희가 일반이의 집 앞에서 하늘을 보고 서 있는 거예요. 내 수첩에 적을 새로운 범인이 나타났다고 생각했어요. 나는 곧장 가희에게 달려갔어요.

"김가희! 너 뭐해?"

가희는 학교 건물 옥상을 가리켰어요. 빗물받이 끝에 긴 고드름이 대롱대롱 매달려 있었어요. 아침 햇살을 받은 고드름은 반짝이면서 조금씩 녹고 있었어요. 곧 떨어질 듯 아슬아슬해 보였어요. 그리고 그 고드름 바로 아래, 우리가 만들어 준 일반이의 집이 있었어요.

"일반이 집을 망가뜨린 게 바로 저 고드름인 것 같아! 녹아버려서 아무도 몰랐나 봐. 일반이 집을 일단 다른 곳으로 옮기자. 나 혼자는 힘들어서 누구든 오길 기다렸어."

"그래 나랑 같이하자."

우리는 일반이 집을 햇빛이 잘 드는 학교 현관 옆으로 옮겼어요. 유관순 동상 아래에 있던 일반이도 집으로 돌아왔어요. 등교하던 언니 오빠들도 일반이를 보고 귀여워하며 지나갔어요. 우리는 교실로 돌아와 자리에 앉았어요. 그리고 나는 작은 수첩을 꺼내 적었어요.

'범인은 바로 고드름'

기억나는 것을 마인드맵으로 만들어보아요.

당선소감 윤혜경

저녁 무렵, 지친 몸을 이끌고 태권도 학원을 마친 일곱 살 딸아이와 집으로 돌아오는 길이었습니다. 갑자기 가로등에 반짝 불이 켜졌습니다.

"가로등에 불이 들어왔네, 밝아졌다. 그치?"

"엄마, 등이 길게 생겼는데 왜 세로등이 아니야?"

그 말을 듣자마자, 저는 웃음을 터뜨렸지요. 하루의 피곤함이 사라지는 것을 느꼈습니다.

아이들이 가진 작고도 큰 힘을 믿습니다. 어린이의 말 한마디, 눈빛, 밝은 웃음과 호기심이 지친 나에게 희망을 줍니다. 모든 아이가 행복하고 즐거웠으면 합니다. 어쩔 수 없이 아프고 힘들더라도 잘 이겨내기를 바라고 응원합니다.

세상 모든 아이들에게, 숨어 있는 내면의 힘과 가능성을 믿으라고 말하고 싶습니다. 그런 너희들 덕분에 나도 동화를 쓸 힘을 얻었다고요.

부족한 글을 당선작으로 뽑아주신 심사위원님들께 감사의 마음을 전합니다.

아낌없는 응원과 사랑을 베풀어 주시는 부모님과 시부모님 감사합니다. 항상 곁에서 든든히 지원해주는 남편 이재동님 사랑합니다. 무궁무진한 소재를 제공해 주고 첫 독자로서 신랄한 비평을 해주는 딸 이한나 양과 아들 이래오 군, 그리고 가족들과

이 기쁨을 나누고 싶습니다.

동화작가로서의 길로 이끌어주신 정해왕 선생님, 함께 공부하는 글벗들도 생각납니다. 함께해서 행복합니다. 고맙습니다.

이제 동화작가로서의 출발선에서 '탕' 하는 시작 총소리를 들은 것 같습니다. 그 길이 멀고 험해도 기꺼이 가리라 다짐합니다.

심사평

"아이들의 호기 본능이 빛을 발한 자연스러운 이야기"

예심을 통과한 12편 중에는 판타지 기법을 활용한 작품들이 많았으나 완성도 높은 작품은 눈에 띄지 않았다. 동화의 본령이 판타지라고 하지만 동화작가들이 쉽게 판타지 동화를 쓰지 못하는 것은 그만큼 어렵기 때문이다. 현실보다 더 현실답게 느낄 수 있도록 축조된 판타지만이 판타지 동화로서의 빛을 발할 수 있다.

서너 차례 정독하고 나서 다시 추려낸 것은 '동물약국' '내 짝꿍은 시끌시끌' '범인은 누구?' 세 편이었다.

'동물약국'은 마을에서 40년 넘게 약방을 운영하던 할아버지가 사고당한 어린 고라니를 치료해 주는 이야기이다. 어린 고라니를 치료해주고 숲으로 보냈더니 그 어린 고라니가 다시 다친 고라니를 데리고 와 약방 할아버지의 치료를 받게 한다. 읍내에 생긴 큰 약국의 영향으로 폐업까지 생각하며 절망했던 할아버지는 고라니와의 만남으로 동물약국을 개업하며 새로운 삶을 산다. 대형에 밀리는 시골 약방의 현실과 다친 고라니의 만남을 통해 새로운 이야기로 발전한 것은 좋았으나 익숙한 소재이고 자주 다루어진 주제이다.

'내 짝꿍은 시끌 시끌'은 모범생 용희의 눈에 비친 짝꿍 소란이를 통해 공부에 찌들었던 자신의 닫힌 시선을 열게 되고 공부

못하는 소란이에게 공부 못지않는 장점이 있다는 것을 어린이다운 시선으로 포착한 작품이다. 사실적인 이야기면서도 소란이가 움직일 때마다 다른 아이들의 귀에는 들리지 않는 그 내면의 소리를 듣는다는 발상이 특이했고 롤링 페이퍼에 적힌 소란이 편지와 자신의 편지를 비교하며 아이다운 삶이 어떤 것인지를 깨닫는 심리 변화도 적절하게 잘 표현한 작품이다.

'범인은 누구?'는 학교에 숨어 들어온 까만 길고양이를 아이들이 키우는 이야기이다. 고양이를 대하는 저학년 아이들의 호기본능을 자연스럽게 잘 표현했고 범인을 찾겠다는 추리와 반전처럼 다가온 범인의 정체를 알고 나면 아이다운 깜찍함에 미소 짓게 된다.

'내 짝꿍은 시끌시끌' '범인은 누구?' 두 편 모두 완성도가 높은 작품이지만 아이들의 생활을 자연스럽게 잘 묘사했고 이야기의 흐름이 자연스러운 '범인은 누구?'를 당선작으로 올린다. 당선자에게 축하를 보낸다.

심사위원 송재찬 아동문학가

광남일보

홍송희

1992년 대전 출생
현직 초등학교 교사
2017년 아프리카 보츠와나 파견
유튜브 채널 '춤추는 하다쌤' 운영 중
2021년 〈광남일보〉 신춘문예 동화부문 당선
yalplooc@naver.com

댄스 톡톡

홍송희

'톡톡'

학교가 끝난 오후 3시, 여자아이들 수십 명이 운동장에 모여 무언가를 들여다보고 있다. 그건 바로, 스마트폰!

요즘 초등학생들 사이에서 '댄스 톡톡'이라는 어플리케이션이 인기다. 자신이 춤추는 모습을 동영상으로 찍어 올리면, 영상을 본 사람들이 화면을 '톡톡' 쳐서, 그 사람에게 하트를 보내주는 것이다.

5학년 1반의 김송이는 벌써 천 개가 넘는 하트를 받았다. 그렇게 송이는 단숨에 정보초등학교 스타가 되었다.

"야, 송이 영상에 하트가 더 늘었어!"

"흐익! 천이백 개? 내 영상은 아직 열일곱 개뿐인데, 진짜 부럽다."

송이는 항상 한 무리의 아이들에게 둘러싸여 있다. 하지만 아영이는 그 무리에 낄 수가 없었다. 무리에 끼려면 스마트폰이 필요하기 때문이다.

스마트폰을 가지고 있는 아이들은 모두 '댄스 톡톡' 아이디가 있다. 그렇게 서로의 동영상을 나누어보며 친해지는 것이다. 반면 아영이의 핸드폰은 전화랑 문자만 되는 기본 핸드폰이다. 그나마 이것도, 얼마 전 아빠가 중고로 구해온 것이었다.

아영이는 자신의 핸드폰을 누가 볼세라 재빨리 등 뒤로 숨겼다. 그 순간, 친구들 무리에 둘러싸여 있던 송이와 눈이 마주쳤다. 송이는 못 볼 것이라도 본 듯 다급히 시선을 돌렸다. 그렇게 멀리서 송이를 바라보던 아영이는 오늘도 홀로 집에 왔다.

집으로 돌아온 아영이는 오늘도 혼자였다. 아영이는 아빠와 둘이 산다. 엄마는 아영이가 어릴 때 집을 나갔고, 아빠는 아침 일찍 나갔다 밤늦게나 돌아오시기 때문에, 평일엔 얼굴도 잘 못 본다. 아침에 눈을 떴을 때, 식탁 위에 오천 원이 놓여 있으면, '아빠가 왔다 갔구나.' 하고 짐작할 뿐이었다.

아영이가 유일하게 외로움을 잊을 수 있는 시간은 춤추는 시간이었다.

아영이의 꿈은 가수다. 소심한 성격 탓에 아무에게도 말하지 못했지만, 매일 밤 베란다 창문에 비친 자신의 모습을 보며 춤 연습을 할 정도로 아영이는 춤추는 것을 좋아했다. 늦은 밤, 아무도 없는 집에 혼자 있을 때면 너무나 무서웠지만, 춤을 추면 어느새 두려움도 잊혀졌다. 하지만 아무리 춤을 좋아하는 아영이라도 오늘은 도저히 춤출 기분이 나지 않았다. 그건 바로 송이 때문이다.

송이와 아영이는 단짝 친구다. 아니 친구였다. 4학년 때부터 2년째 같은 반인 두 아이는, 어떻게 단짝이 됐을까 싶을 정도로 성격이 극과 극이었다. 소심하고 존재감 없는 아영이와 달리, 송이는 활발하고 자신감이 넘쳤다. 이렇게 다른 두 아이가 친구가 될 수 있었던 건 다름 아닌 춤 때문이었다.

작년 봄, 베란다 창문에 비친 모습을 보며 춤 연습을 하던 아영이는, 그날 깜빡하고 베란다 샷시를 내리지 않았다. 그렇게 옆 동 아파트를 향해 본의 아니게 댄스 공연을 하던 아영이를, 옆 동에 살던 송이가 딱 하고 봐 버린 것이다. 아영이는 부끄러움에 부리나케 방으로 들어갔다. 그런데 다음날, 송이가 뜻밖의 제안을 했다.

“아영아, 나 춤 좀 가르쳐줘.”

“응?”

“사실 내 꿈이 가수거든. 나도 다른 애들처럼 춤 학원에 다니고 싶은데, 엄마는 영어나 수학 학원 아니면 안 된대.”

아영이는 생각지도 못한 상황에 손톱만 만지작거렸다.

“근데, 아영이 너 춤 진짜 잘 추더라. 나 정말 깜짝 놀랐어!”

송이가 엄지손가락을 치켜세웠다.

“가수 해도 되겠던걸?”

송이의 말에 아영이가 펄쩍 뛰었다.

“아니야! 가수는 무슨…….”

아영이는 자신의 비밀을 들킨 것처럼 심장이 두근댔다. 혹시 아이들이 놀리진 않을까 걱정도 되었다. 하지만 송이는 그걸 아는지 모르는지 계속 큰 소리로 말했다.

"아니야, 진짜야. '넥스트 스타' 같은 오디션 한 번 나가봐!"

아영이는 또 한 번 뜨끔했다. 사실은 매일 밤, 오디션에서 멋지게 춤추는 자신의 모습을 상상하기 때문이다. 아영이는 송이가 자기 마음을 꿰뚫어 보는 것 같다는 생각을 했다.

"아무튼, 나 춤 가르쳐주는 거다!"

송이가 새끼손가락을 내밀었다. 아영이가 망설이자 송이가 떼를 썼다.

"아, 빨리! 나 가르쳐 주는 거야? 응? 응?"

"아, 알았어…… 알았으니까 목소리 좀 작게……."

혹시 다른 아이들이 들을세라 아영이가 재빨리 새끼손가락을 걸었다. 그렇게 그날부터, 둘은 매일 아영이의 집에서 베란다 창문을 보며 춤 연습을 했다. 확실히 혼자 춤을 출 때보다 재미있었다. 웨이브가 잘 안 되는 송이를 보며 깔깔 웃기도 하고, 땀에 흠뻑 젖을 만큼 열심히 연습한 뒤엔, 송이 엄마가 식탁에 놓고 간 돈으로 음료수를 사 먹기도 했다. 송이도 아영이처럼 밤늦게까지 혼자 있는 아이였기 때문이다.

그렇게 작년 한 해, 둘은 서로에게 든든한 친구이자 가족이 되었다. 하지만 이제 다 끝난 것 같았다. 올해 초, 송이에게 스마트폰이 생기면서 송이가 스마트폰이 있는 친구들과 어울리기 시작했기 때문이다. '댄스 톡톡'으로 스타가 된 송이에게 이제 아영이와 함께할 시간 따위는 없는 것 같았다.

아영이는 자신의 손에 들린 핸드폰을 내려다보았다. 친구들 것과 달리 낡고 초라했다.

'이게 다 이 고물 핸드폰 때문이야.'

아영이가 핸드폰을 바닥에 휙 던졌다.

그러자 핸드폰 화면에서 강렬한 빛이 뿜어져 나오기 시작했다.

"으악!"

너무나 강렬한 빛에 아영이는 질끈 눈을 감았다. 잠시 후, 서서히 눈을 뜬 아영이 앞에 깜짝 놀랄만한 광경이 펼쳐졌다.

아영이가 오디션 프로그램인 '넥스트 스타' 무대에 올라와 있었던 것이다. 아영이는 너무 무서워 다리가 후들후들 떨렸다. 관객석도 심사위원석도 없이 덩그러니 무대만 있는 곳이었지만 아영이는 그 자리에 주저앉을 것만 같았다.

그때였다. 아영이 앞에 커다란 창문이 나타났다. 매일 밤 아영이의 외로움을 잊게 해준 바로 그 베란다 창문이었다. 순간, 아영이는 보호받고 있는 것 같은 안정감이 들었다.

그때, 유명 아이돌 그룹인 '틴즈'의 노래가 무대로 흘러나왔다. 아영이는 창문에 비친 자신의 모습을 보았다. 떨리던 다리에 조금씩 힘이 들어가는 게 느껴졌다. 아영이가 몸을 조금씩 움직이기 시작했다. 잠시 후, 어느새 춤에 빠져든 아영이는 중간중간 여유로운 미소를 짓기도 하며 5분 동안 쉬지 않고 춤을 췄다.

음악이 꺼진 무대, 아영이가 홀로 무대에서 거친 숨을 내쉬고 있었다. 그때, 아영이 앞에 있던 창문에 족히 100명은 되어 보이는 사람들의 얼굴이 나타났다. 화상채팅을 하듯 격자무늬로 나뉘진 화면 위에서 사람들은 모두 아영이를 보고 있었다.

시선이 쏠리자 아영이는 몸 둘 바를 몰랐다. 그런데 그 순간, 사람들이 자신의 화면을 '톡톡' 두드리기 시작했다. 그러자 무대에서 있는 아영이 옆에 하트 모양의 비눗방울이 톡 하고 떠올랐다. 사람들이 화면을 '톡톡' 두드릴 때마다, '톡톡' 하트가 올라왔다. 어느새 아영이는 허공에 둥둥 떠 있는 수십 개의 하트에 둘러싸였다.

'이게 뭐지.'

아영이는 어리둥절했지만, 이내 깨달았다. 자신이 '댄스 톡톡' 어플리케이션 안으로 들어왔다는 걸. 화면에 비친 사람들 중에는 박수를 쳐주는 사람도 있고, 엄지손가락을 치켜세워주는 사람도 있었다. 대부분 아영이 또래의 아이들이었다. 아영이는 자신을 둘러싼 이 하트들이 친구들이 자신에게 보내준 관심과 사랑 같았다. 어쩐지 오늘은 외롭지 않았다.

다음날도, 그 다음날도, 아영이는 집에 도착하자마자 바로 핸드폰 속으로 들어갔다. '댄스 톡톡' 어플리케이션 안에 있는 동안은 외롭지 않았다. 친구들이 인정해주고 하트를 보내주니 자신감도 조금씩 생기는 것 같았다. 아영이는 태어나 처음으로, 자신도 사랑받을 수 있는 사람이지 않을까 하는 생각이 들었다.

그러던 어느 날이었다. '댄스 톡톡'에서와 달리 교실에선 여전히 혼자인 아영이 귀에, 송이 무리가 하는 말이 꽂혔다.

"야 근데, 어제 '댄스 톡톡'에서 본 애, 정아영 아니었냐?"

그 순간, 모든 아이들이 아영이를 바라보았다. 잠시 교실에 정적이 흘렀다.

"에이, 말도 안 돼. 그냥 닮은 애겠지."

"그치?"

"그럼! 그 영상, 하트 만 개도 넘던데…… 정아영이라니, 말도 안 돼."

"그래 그건 그렇다."

아이들은 그렇게 말하고는 다시 자기들끼리 이야기를 나누었다. 아영이는 놀란 가슴을 쓸어내렸다. 그러나 모두가 아영이에게서 시선을 뗀 그때, 단 한 명, 송이만이 아영이의 표정을 오래도록 살피고 있었다.

그날 저녁, 핸드폰을 앞에 둔 아영이는 고민에 빠졌다. 화면에 나온 수많은 아이들 중에 정보초등학교 친구들도 있을 거라곤 생각하지 못했던 것이다. 하지만 이제 와서 그만둘 순 없었다. 태어나서 처음 받아본 사람들의 관심과 사랑은 먹어도 먹어도 배가 부르지 않은 햄버거 같았다. 게다가 더 이상한 건, 하트를 받을 때는 하늘을 날아갈 것처럼 행복한데, 무대에서 내려오면 예전보다 더

견딜 수 없게 외롭다는 사실이었다.

아영이는 결국 핸드폰을 열었다. 그리고 다시 무대 위에 섰다.

그런데 오늘은 뭔가 좀 달랐다. 눈앞에 있던 창문이 사라지고 없었다.

그때, 누군가 뚜벅뚜벅 걸어오는 소리가 들렸다. 무대를 제외한 곳은 전부 깜깜해서 아무것도 보이지 않았지만, 분명 아영이 쪽으로 오고 있었다. 무대 위로 누군가 올라왔다.

"네가 여기 어떻게……."

아영이가 놀라 입을 가렸다. 무대에 나타난 건 다름 아닌 송이였다.

"역시 그 영상, 아영이 너였구나."

송이가 담담하게 말하며 아영이에게 다가왔다. 그러자 아영이가 살짝 뒷걸음질을 쳤다. 지난 몇 달간 받은 상처가 꽤 깊은 탓이었다. 그런 아영이를 보자 송이가 자리에 멈추어 섰다.

"아영아, 나 너한테 고백할 게 있어."

송이의 말에 아영이는 아무 말도 하지 않고 자리에 서 있었다.

"나 사실 스마트폰 없어."

아영이의 눈이 동그래졌다.

"스마트폰이 없다니? 그럼 '댄스 톡톡'은 어떻게……."

순간 무언가를 깨달은 듯 아영이 머릿속이 번쩍했다.

"설마, 너도 여기 들어와서 춤을 춘 거야?"

"응, 맞아."

“그럼 다른 애들이랑 동영상 볼 때는? 그땐 스마트폰 있었잖아?”

“그때도 없었어. 네가 가까이 오지 않아서 몰랐던 거지. 난 엄마가 학교에 스마트폰 가지고 가지 말라고 했다고 거짓말하고, 항상 다른 애들 핸드폰만 봤어.”

혼란스러워하는 아영이를 두고 송이는 말을 이었다.

“숨겨서 미안해. 그냥…… 너무 두려웠어. 이렇게 많은 사람이 날 좋아해 주는데, 내가 스마트폰이 없다고 말하면 더 이상 하트를 받지 못할 것만 같았어.”

이야기를 하는 송이는 손톱을 만지작거리고 있었다. 처음 보는 송이의 긴장한 모습이었다.

“내 꿈은 가수인데, 인기가 많아지니 정말 꿈을 이룬 것 같았어. 그런데 시간이 갈수록 이상하게 더 외롭더라. 오히려 너와 매일 밤 춤 연습을 했던 때가 더 행복했던 것 같아.”

“왜? 널 좋아하는 친구들 많잖아.”

아영이의 말에 송이가 고개를 저었다.

“아니, 걔네들은 날 좋아하는 게 아니야.”

“그럼?”

“그냥 유명한 애랑 친구가 하고 싶은 거야. 아마 내가 ‘댄스 톡톡’에서 인기가 떨어지면, 그 애들도 바로 나한테서 떨어져 나갈걸?”

송이가 한숨을 내쉬었다.

"다른 애들은 몰라도 너에게만큼은 거짓말을 하면 안 되는 건데, 나도 내내 마음이 불편했어. 미안해, 용서해줄래?"

송이의 말을 듣자 아영이의 마음속에서도 무언가 묵직한 것 하나가 떠올랐다.

"송이야."

"응?"

"사실 나도 너한테 고백할 거 있어."

"뭔데?"

아영이가 깊은숨을 한 번 내쉬었다.

"사실 내 꿈도 가수야."

"뭐?"

송이가 놀라 펄쩍 뛰었다.

"아니, 1년 넘게 같이 춤추면서 그런 말 없었잖아."

"혹시 네가 날 비웃을까 봐 겁나서……."

아영이의 말을 들은 송이가 푸하하 웃었다.

"야, 친구 사이에 비웃는 게 어디 있냐? 그러게 내가 진작 말했잖아. 너 가수 해도 될 것 같다고. 내가 말할 땐 아니라고 딱 잡아떼더니."

"히히, 미안."

아영이가 멋쩍은 듯 입술을 살짝 깨물었다.

"그럼 이걸로 우리 화해한 거다!"

아영이가 살짝 고개를 끄덕였다.

무대에 음악이 흘러나오기 시작했다. 작년 이맘때, 두 아이가 함께 연습하던 바로 그 곡이었다. 사라졌던 창문도 다시 나타났다. 두 아이가 거울에 비친 서로의 모습을 바라보고 있던 그때, 송이가 음악에 맞추어 엉덩이를 살짝 씰룩였다. 그 모습을 본 아영이가 까르르 웃었다. 아영이도 질세라 엉덩이를 힘차게 씰룩였다. 이번엔 송이가 까르르 웃었다.

"다음 동작이 뭐였지?"

"박수 두 번에 웨이브!"

송이와 아영이가 기억을 더듬어가며 동작을 하나하나 맞춰갔다. 아무도 보는 이 없는 텅 빈 무대는 두 아이만의 공간이 되었다. 춤을 추던 두 아이의 눈이 마주쳤다. 그 순간, 두 아이 사이로 하트 하나가 톡하고 떠올랐다.

주인공에게 편지를 써보아요.

당선소감 홍송희

내겐 어릴 적 기억이 하나 있다.

노랑 반 선생님은 유치원 문집에 넣어야 하니 IMF가 무엇인지 써오라고 했다. 7살이었던 나는 짤막하게 적었다.

'돈이 없다는 것, 돈 많이 벌자는 것, 그리고 시대를 이기자는 것.'

선생님들이 모인 방에 글을 전달했다. 문을 닫고 나오는 그때, 방이 한 번 출렁였다.

그 날이었다. 고요했던 내 안에 첫 파동이 인 날.

그 일렁임이 좋았던 꼬마는, 꽤 오랫동안 불 꺼진 복도에 홀로 서 있었다.

우연히 엄마가 쓴 편지를 보았다. 다섯 살 남짓한 아이에게 엄마는 진지하게 다짐했다. 적어도 네가 하려는 일을 막는 못난 엄마는 되지 않겠다고……. 엄마는 약속을 지켜냈다.

홀로 아프리카로 떠날 때에도, 글로 세상을 창조하는 사람이 되겠다고 했을 때도, 엄마는 긴말하지 않았다.

'하고 싶은 일은 해야지.'

진심이 담긴 글은 힘이 세다. 23년 전 엄마의 편지는 나를 일렁이게 했다.

두 번째 파동이었다.

일주일 전, 당선 소식을 들은 난 한동안 가족에게 말하지 않았다. 이 일을 소화해낼 시간이 필요했다. 그렇게 며칠간 이런저런 글을 썼다. 그러다 문득 깨달았다.

'어쩌면 이 소식을 알리지 않아도 행복하겠다.'

무언가를 진정 좋아하는지는, 그것의 본질만 남았을 때 드러난다. 내 생각보다 나는 훨씬 더 글쓰기를 좋아하고 있었다.

꽤나 큰 파동이었다.

학창 시절, 내게 특별한 일이 있을 때마다 아빠는 말했다. 오늘 이 사건은 하나의 점이라고. 훗날 너의 우주에 찍힌 점을 이어보면, 분명 멋진 별자리가 될 거라고 했다.

오늘 찍힌 이 점이 방점이 될지 시작점이 될지는 아무도 모른다. 그러나 언제나 그랬듯, 나는 향후 스스로 미래를 열어갈 것이다.

진짜 파동은 이제부터 시작이다.

팬데믹 시대, 희망을 펼쳐가는 뜨거운 열정들

동화 쓰는 일은 성인이 어린이를 대상으로 글을 쓰기에 절대 쉽지 않다. 성인이 읽는 글에 비교해 글쓰기가 훨씬 어렵고, 고도의 집중력과 현대적 감수성이 요구되는 힘든 작업이다. 그런데도 2021 광남일보 신춘문예 동화 부문에 150편이 넘는 작품이 응모되어 동화 쓰는 작가로서 내심 흐뭇했다. 먼저 온갖 힘을 쏟았을 응모자 모두에게 격려의 박수를 보낸다.

응모작의 소재는 코로나 19, 인공지능(AI), 크리에이터, 유튜버 관련의 시의성 강한 작품을 비롯해 환경오염, 결손 가정 및 다문화가정, 왕따 문제 등등 다양했다. 형식적 측면에서는 새로움을 시도해 눈길을 끄는 작품들도 있었지만, 작품 완성도가 미흡해 보였다. 심사과정에 기성세대의 가치와 관념을 무조건 받아들이도록 쓴 작품과 문학적 형상화가 안 된 작품들은 먼저 제외했다.

최종심은 '3학년 5반 스무 명 중에', '미운 오리 새끼', '레고로 만든 선물', '댄스 톡톡' 이 올랐다. 네 작품 모두 수작이었지만 소재와 작품 완성도 측면에서 돋보이는 작품이 있었다. 하지만 바로 당선작으로 선정하지 않고, 검토를 위해 재독再讀 작업에 들어갔다.

'3학년 5반 스무 명 중에'는 가장 눈에 든 작품이다. 그런데 재독 과정에서 커다란 결점이 발견됐다. 도입부에서 주동 인물 이름을 잘못 표기한 것이다. 엄청 놀라 거듭 다시 읽어봐도 실수는 명확했다. 글을 잘 쓰는 방법의 하나가 퇴고의 중요성이다. 이 작품은 안타깝게도 퇴고의 미흡함이 여실히 드러나서 당선작에서 제외했다.

눈에 든 작품을 제외하고 나니 고민이 커졌다. 바짝 긴장한 채 나머지 작품들을 읽고 또 읽었다. '미운 오리 새끼'는 구성력, 인물 심리묘사는 뛰어났지만, 갈등 해결에서 미진함을 드러냈다. '레고로 만든 선물'은 코로나 19 상황 속에서 사회적 고립감에 빠진 우리에게 희망의 메시지를 주는 작품으로 읽혔다. 하지만 감상주의적 시선이 작품의 장점들을 상쇄시켜 아쉬웠다.

길고 긴 고민 끝에 '댄스 톡톡'을 당선작으로 결정하였다. 어린이 독자들에게 흥미와 가독성을 높일 수 있는 소재 선택 능력과 이야기를 끌고 가는 현대적 감수성이 탁월해 보였기 때문이다. 특히 작가의 의도는 두 인물의 성격 대비를 통해 미적 거리를 유지하는 등 문학성을 구축해 가는 기법도 남달랐다.

신춘문예 당선은 동화작가의 완성이 아닌 시작점에 들어선 것이다. 당선자는 지금까지 해 온 노력은 비교가 안 될 만큼 엄청난 노력을 할 것으로 믿는다. 앞으로 더 좋은 작품으로 동화작가의 길을 힘차게 나아가길 바라며, 아울러 아낌없는 찬사의 박수를 보내는 바이다.

심사위원 배다인 동화작가

광주일보

김효진

1980년 서울 출생
동국대학교 문화예술대학원 문예창작과 졸업
2015년 KB창작동화제 우수상 수상
2021년 〈광주일보〉 신춘문예 동화부문 당선
007kantapia@gmail.com

8구역 배추자 여사

김효진

"야! 할머니는 잘 계시니? 너희 할머니 무섭지?"

민상이다.

민상이는 친구도 많고 활발하지만, 내 마음에는 들지 않았다. 쓸데없이 말을 걸어 귀찮게 굴거나 자꾸만 내 약점을 건드렸기 때문이었다. 아니나 다를까 오늘도 내 앞에서 엉덩이를 씰룩대고, 상체를 마구 흔들어 보이며 물었다.

"너 8구역 사는 거 맞지? 거기 무섭지 않아?"

우리 동네는 큰길을 중심으로 신축 아파트와 재개발 구역으로 나뉜다. 민상이는 내가 재개발 8구역에 사는 걸 알고 콕 집어서 말을 했다. 지나가는 아이들이 민상이를 보고 피식피식 웃었다. 민상이가 이상한 행동을 하는 건 나를 놀리려고 하는 건데, 정확히는 우리 할머니 배 여사 흉내를 내는 거다.

나는 민상이에게 주먹을 들어 보였다.

"진짜 무서운 거 보여줘?"

민상이가 움찔했다. 나는 더 신경 쓰지 않고 앞만 보고 걸었다. 나는 우리 학년에서 제일 키도 크고 덩치도 크다. 그래서 내가 조금만 크게 말해도 아이들이 뒷걸음질을 친다. 내가 말을 별로 안 하니까 사람들이 어른스럽다고 하는데, 할머니는 만날 나보고 밴댕이 속이라고 그런다. 하지만 사람은 나보고 할머니를 똑 닮았다고 말한다.

기분이 나쁠 땐 얼른 다른 생각을 하는 게 최고다. 요즘 내 관심사는 오직 배추흰나비다. 학교에서 배추흰나비 한살이를 배우는 중이었다. 흰나비 알이 배춧속에 숨어 있다는 말을 듣자, 옆집 텃밭이 생각났다. 곧 허물 예정인 주인 없는 빈집인데 텃밭은 이미 고양이 화장실이 되어 버렸다. 텃밭에 썩어가는 배춧잎을 뒤적여 보았더니 보석 같은 알이 숨어 있었다.

집에 오자마자 채집통을 열어보았다. 처음에 알이 세 개가 있었다. 온 정성을 다해 키웠지만 한 마리만 살아남아 번데기가 되었다. 그런데 더 큰 문제는 지금이다. 번데기가 된 지 일주일이 넘었는데도 나올 생각을 안 한다는 것이다. 걱정스러운 마음에 번데기를 쳐다보고 있는데 배 여사 방에서 듣기 싫은 소리가 흘러나왔다. 굵은 빗방울이 지붕 위를 두드리는 것 같은 타악기 소리다.

"딩또로동동댕당!"

그렇지 않아도 공사장 소음 때문에 창문이 흔들릴 지경인데 매일 정신이 없다. 나는 채집통을 끌어안고 배 여사 방문을 벌컥 열었다.

"배 여사님 좀 조용히 해주면 안 될까요?"

배 여사는 늘 그렇듯 동전 모양 장식이 다닥다닥 붙은 치마를 입고 벨리 춤을 연습하고 있었다. 배 여사가 거울에서 눈을 떼지 않고 말했다.

"손주님이 조용히 해주면 안 될까요? 할머니 춤 연습 중이잖아요."

나는 한숨을 쉬었다. 갑자기 민상이가 놀리던 게 생각이 나 더욱 짜증이 났다.

"벨리 말고 노래 교실이나 서예, 꽃꽂이 뭐 그런 거 하면 안 돼? 아니면 그냥 티셔츠를 입고 추던가."

"태권도 할 때 도복 입고, 수영할 때 수영복 입고, 벨리 댄서가 벨리복 입는 게 뭐가 어때서 그래?"

"춤출 때만 입으면 되잖아."

"난 평소에도 계속 춤춰. 그렇지 않아도 입을 옷이 너무 없어서 걱정이야."

집안 서랍, 장롱, 옷걸이까지 온통 벨리 옷뿐인데 입을 옷이 하나도 없다고 한다.

"너나 그 벌레 통 갖다 버려."

나는 놀라서 채집통을 더 꽉 끌어안았다. 혹시나 번데기가 배 여사 얘기를 들을까 봐 속삭이듯 작게 말했다.

"버, 벌레? 벌레라고 했어? 얘 다 들어. 벌레 아니야 번데기야."

내가 얼마나 애지중지 기른 건데 버리라고 말을 할 수 있을까.

배 여사랑은 맞는 게 하나도 없다. 배 여사가 춤을 멈추고 방 한쪽에 종이 뭉치를 가리키며 말했다.

"시끄러워! 저거나 들고 따라와."

배 여사가 직접 쓴 것 같은 삐뚤빼뚤한 글씨의 전단이었다. 나는 전단을 소리 내 읽어보았다.

"벨리댄스 강좌. 8구역 푸른 경로당, 강습료 무료? 이게 뭐야?"

나는 동네 할머니들이 벨리복을 입고 떼를 지어 다니는 모습을 상상했다. 나도 모르게 고개를 저었다. 게다가 그 모습을 민상이가 보기라도 한다면 더 끔찍하다. 할머니는 내 마음도 모르고 전단을 내 가슴에 털썩 안겼다.

"들고 따라 나와."

배 여사는 벨리복 위에 겉옷을 대충 걸치고 밖으로 향했다.

나는 전단으로 얼굴을 가리고 발밑만 보면서 걸었다. 동네를 벗어나 큰길가로 나오자 사람들이 배 여사를 힐끔거렸다. 괜히 나까지 힐끔거린다. 배 여사는 아랑곳하지 않고 오히려 어깨를 폈다. 그리고 사람들이 많이 서 있는 신호등 앞에서 나에게 큰 소리로 말했다.

"여기 붙여! 저기 담장에도 붙이고."

나는 배 여사가 시키는 대로 테이프를 뜯어서 전단을 대충 붙였다. 비뚤어 붙인 전단이 금방이라도 떨어질 듯 바람에 펄럭였다. 배 여사는 내가 전단을 다 붙이지도 않았는데 성큼성큼 횡단보도를 건너고 있었다. 나는 배 여사가 나를 떼놓고 혼자 갈까 봐

발걸음을 서둘렀다. 건너편에서 민상이가 걸어오는 게 보였다. 놀라서 안고 있던 전단을 떨어뜨릴 뻔했다. 큰길 근처가 민상이네 집인 걸 깜빡했다. 나는 민상이에게 들키지 않으려고 배 여사 등에 이마를 붙이고 몸을 숨기며 걸었다.

그 사이 민상이가 내 옆을 스쳐 지나갔는데, 다행히 날 못 보고 지나간 것 같았다. 안심하고 슬쩍 뒤를 돌아보았다. 그러다 길 건너편에 서 있는 민상이를 보고 숨이 탁 멎는 것 같았다. 민상이가 전단을 떼어 승리의 깃발처럼 흔들고 있었기 때문이다. 나는 빨간불인 것도 잊고 민상이를 향해 발을 내디뎠다. 배 여사가 내 뒷덜미를 잡았다.

"빨간불인데 어딜 간다고 그래."

나는 배 여사에게 소리를 질렀다.

"이거 봐! 재가 또 놀리잖아! 나, 이거 안 붙여. 이거 아동학대야."

배 여사가 돌덩이 같은 커다란 주먹을 내 코앞에 들이밀었다.

"너는 노인 학대야. 여태껏 키워줬더니 말하는 것 봐! 배은망덕하기는 어서 붙여!"

나도 뭐라고 따지고 싶은데 생각이 잘 나지 않았다. 처음엔 꼭 배 여사 때문에 화가 난건 아니었다. 그런데 여태껏 키워줬다는 말을 듣고 나니까 머릿속이 어지럽고 화만 났다. 나는 배 여사 치맛자락을 잡아 흔들며 말했다.

"누가 키워달라고 그랬어? 창피하지 않게 옷이나 제대로 입던가!"

큰소리를 치자 숨이 가빠오고 나도 모르게 손에 힘이 들어갔다. 그러자 스케치북을 뜯어내듯 손에 쥔 할머니 치맛자락에서 우두둑 소리가 났다. 촘촘히 박힌 동전 모양 장식들이 바닥에 쏟아졌다. 나는 배 여사를 뒤로하고 집을 향해 뛰었다.

한참을 뛰다가 뒤를 돌아봤다. 배 여사가 끈질기게 내 뒤를 따라오고 있었다. 잡히면 정말로 죽을 것 같았다. 8구역도 싫고, 이사 가는 것도 싫고, 화가 머리끝까지 났다. 나는 집에 가자마자 배 여사 방문을 벌컥 열었다. 그리고 서랍에서 배 여사 옷들을 꺼내 집히는 대로 마당에 집어 던졌다.

배 여사가 쓰러질 듯 숨을 헉헉대며 대문을 열었다. 그리고 엉망이 된 벨리복을 보고 아무 말도 하지 않았다.

잠시 시간이 멈춘 것 같았다. 주변에 그 흔하던 공사장 소음도 들리지 않았다. 나는 정신이 번뜩 들었다. 내가 무슨 짓을 한 걸까. 널브러진 옷들이 괴상하게 웃고 있는 것 같았다. 배 여사는 동상처럼 움직이지 않고 나를 쳐다보았다.

옷소매로 눈을 비비며 우는척해도 안 통할 것 같았다.

"아니, 애들이 자꾸, 8구역 산다고 놀리고 할머니 옷도 놀리고……."

배 여사는 아무 말도 하지 않고 옷을 주워 방으로 들어갔다.

나는 할머니가 내 번데기를 던져버릴까 봐 방에 들어와 문을 잠갔다. 불을 켜지도 않고 혼자 채집통을 열어보았다. 창문으로 들어오는 가로등 불빛에 번데기를 비춰보았다. 속에 희미하게 나비의 모양이 비치는 것 같은데 아직 그대로다.

채집통을 끌어안고 그대로 잠이 들었나 보다. 깨어 보니, 집이 조용했다. 채집통 안을 들여다보고 깜짝 놀랐다. 번데기 등이 아주 조금 벌어져 있었기 때문이다. 얼른 뛰어가 배 여사의 방문을 열었다. 불 꺼진 방이 서늘했다. 이 시간에는 늘 집에 있는데 배 여사가 보이지 않았다. 장롱 속 벨리복이 하나도 없고, 바퀴 달린 커다란 여행 가방도 함께 보이지 않았다. 배 여사는 전화도 받지 않았다.

늘 있어야 할 곳에 배 여사가 없으니까 무섭고 겁이 났다. 지금 마음 같아서는 배 여사가 발가벗고 돌아다녀도 아무렇지 않을 것 같다. 나는 가파른 계단을 단숨에 뛰어 내려갔다. 8구역 입구 경로당에 불이 켜져 있었다. 경로당이라 봐야 방 한 칸에 작은 부엌이랑 화장실이 전부다. 예전에는 사람이 꽉 차서 앉을 자리도 없던 곳인데 요즘은 사람이 많지 않다. 그런데 오늘따라 경로당 안이 소란스러웠다. 나는 걷어차듯 신발을 벗어 던지고 안으로 들어갔다.

용수철처럼 고불거리는 머리 모양의 할머니들이 모여 있었다. 모두 똑같은 머리 모양, 똑같은 옷을 입고 있어도 나는 배 여사를 한 번에 알아볼 수 있다. 나는 뛰어가서 배 여사의 가슴, 허리, 배 어디인지 모를 부분을 꽉 끌어안고 얼굴을 비볐다.

배 여사가 몸을 흔들며 말했다.

"다 큰 게 왜 이래. 할미 수업 중이잖아. 저기 애들하고 놀아줘."

배 여사가 가리키는 곳을 보니 아이들이 모여 있었다. 다른 할머니들이 짝꿍처럼 데리고 온 손주들이었다. 아이들은 배 여사의 펼쳐진 가방 안에서 벨리복을 꺼내놓고 장난을 치고 있었다. 경로당인지 어린이집인지 헷갈릴 정도다. 나도 아이들 사이에 끼어 앉아 가방 속 벨리 의상을 구경했다. 한 번도 자세히 본 적 없었는데, 얄팍한 천이 손 위에서 미끄러지는 게 꽤 예뻐 보였다.

배 여사는 할머니들에게 동작 하나하나를 알려주고 있었다.

"자 발은 어깨너비로 벌리고, 가슴 활짝 이렇게. 배 집어넣고. 아 배 집어넣으라고!"

"넣었다고!"

배 여사가 한쪽 엉덩이를 올렸다가 다시 내렸다.

"자, 이게 드롭이야."

"뭐? 덥?"

이번에는 가슴을 마구 흔들었다.

"이건 쉬미야. 해봐 쉬미."

"쉬? 아이고 화장실 좀 다녀와야겠네!"

배 여사를 따라 하는 할머니들의 동작은 하나같이 제각각이었다. 허리와 몸이 따로 움직이는 건 둘째고 팔을 움직이라면 엉덩이를 뒤로 빼고, 엉덩이를 빼라면 팔을 휘저었다. 사실 조금 놀란 게 배 여사가 다른 할머니들에게 춤을 가리키는 모습이 멋있어 보였다.

나는 번데기가 나비가 되지 않아도 계속 사랑할 거다. 할머니도 그런 거랑 똑같다. 돈만 좋아하고 만날 떼쓰고 이상한 옷을 입어도 나는 할머니밖에 없다. 그렇게 듣기 싫던 음악에 나도 모르게 어깨를 움직이고 있었다.

한 곡이 끝날 무렵 경로당 문으로 새카만 얼굴이 쏙 들어 왔다.

춤을 추던 할머니들이 모두 문 쪽으로 고개를 돌렸다.

나는 깜짝 놀랐다. 민상이었다. 혹시 나를 약 올리려고 찾아온 건가 싶어서 주먹을 불끈 쥐었다. 여태 주먹을 쓴 적이 없었지만, 오늘은 한주먹에 날려버려야겠다. 그런데 민상이는 내가 아니라 배 여사를 찾았다. 가만히 보니 민상이의 한쪽 손에는 전단이 쥐어있었다. 그리고 반대쪽에는 화장을 곱게 한 할머니 손을 잡고 있었다.

민상이는 쑥스러운 듯 손을 잡은 할머니를 보고 말했다.

"봐, 여기 할머니 친구들 많잖아. 저, 저희 할머니가 숫기가 없어서……"

이럴 때 가만히 있으면 우리 배 여사님이 아니다.

"잘 왔어! 사람은 많을수록 좋아."

민상이가 나를 발견하고 눈을 크게 떴다. 눈치 빠른 배 여사가 민상이를 내 앞에 앉혀 두었다. 민상이는 단체로 벨리복을 입고 있는 할머니들의 모습이 신기한지 계속 주변을 두리번거렸다. 배 여사는 내가 들고 있던 벨리 복을 낚아채 민상이 할머니 어깨에 살포시 올려주었다.

배추자 여사의 우렁찬 목소리가 들렸다.

"자, 쉬었으면 이제 일어나! 빨리 제자리 찾아 가!"

할머니들이 '끙' 하는 소리를 내며 자리에서 일어섰다.

"춤추자! 다시 시작하자고!"

나비들이 번데기에서 나와 힘겹게 몸을 펼쳤다. 내 마음속에도 무언가가 꿈틀꿈틀하는 것 같았다. 집에 가면 번데기가 나비가 되어 있을 것 같다. 혹시 문밖으로 날아갔을지도 모르겠다. 음악 소리와 함께 할머니들의 제각각 춤이 시작되었다. 우리 배추자 여사가 날갯짓한다. 8구역 경로당 안에 배추흰나비들이 훨훨 날고 있다.

내가 글 속으로 들어가 주인공이 된다면?

당선소감 김효진

태어나 유년 시절을 보낸 동네가 무너지는 걸 지켜보았습니다. 부서진 건물 어딘가 어린 시절의 내가 숨어 있을 것 같았습니다. 숨어 있는 아이가 잠들지 않게 도와준 건 배추자 여사, 8구역, 기찻길, 길고양이, 강아지풀, 바람 한 잎, 햇볕 한 줌이었습니다. 아이를 둘러싼 모든 것들이 안부를 물어주었습니다. 한 아이를 키우기 위해서는 마을 전체가 필요하다는 아프리카 나이지리아 속담이 있지만, 아이가 자라는데 필요한 건 마을뿐만은 아닐 것입니다. 하늘도 땅도 인연이 되어 아이를 자라게 해주었을 것입니다. 지금도 내가 세상에 서 있는 건 보이지 않는 인연의 힘 때문일 것입니다. 감사한 마음 기억해서 어딘가에 숨어 있을 키만 자란 아이들과 두려움 앞에 선 작은 아이들에게 따뜻한 힘을 전하는 글을 쓰겠습니다. 그동안 나를 위로하기 위해 글을 썼다면 이제는 누군가의 안부를 묻기 위한 글을 쓰고 싶습니다. 숨어 있던 아이에게 용기 내서 밖으로 나오라고 손을 내밀어주신 심사위원 선생님께 감사의 말씀 드리겠습니다. 나의 버팀목인 가족과 가르침 주신 선생님들, 동료, 지인, 친구, 글벗이 전해 준 온기로 지치지 않고 걸을 수 있었습니다. 오랫동안 지켜봐 주신 분들께 고마움 전하고 싶습니다.

"침울할 수 있는 재개발 상황, 밝은 에너지로 채워"

동화의 기본 독자는 어린이다. 이런 기본적인 사실을 망각한 작품들이 많아서 안타까웠다. 어른들의 반성문 같은 작품이나 어른 시각에서 어린이들에게 이해를 강요하는 작품은 어린이 독자들이 책을 외면하게 하는 원인이 될 것이다.

이번 신춘문예에는 다양한 소재를 다룬 작품들이 올라왔다. 어린이들의 동심을 담아내려는 흔적이 엿보이는 판타지 동화도 제법 있어 반가웠으나 아직 완성도가 떨어져 아쉬움이 남았다.

세 편의 작품, '언니에게', '악어에게 돌아간 아기 새', '8구역 배추자 여사'가 본심에 올라왔다.

'언니에게는' 사회적으로 큰 문제를 일으키고 있는 악플에 관한 내용으로, 피해자가 아닌 가해자의 입장에서 다루고 있다는 점에서 새롭기는 했지만, 매끄럽지 못한 문장이 서사의 흐름을 방해했다.

'악어에게 돌아간 아기 새'는 엄마의 가출로 선택적 함구증을 앓는 주인공의 이야기를 '아기 새'라는 판타지 인물을 데려와서 재미있게 풀어간 동화로 올라온 작품들 중에서 가장 동화다운 작품이었다. 몇 가지 아쉬운 점은 '아기 새'가 '악어새'인가? 아닌가? 아이의 열 살 생일날 엄마가 사라졌다는 설정과 시간의 흐름이 명확하지 않은 점이 마음에 걸렸다. 마지막까지 고민한 작품이다.

'8구역 배추자 여사'는 처음부터 끝까지 단숨에 읽혔다. 신축 아파트 재개발구역에 살고 있는 벨리댄서 할머니와 무뚝뚝한 손자의 갈등을 다룬 작품이다.

무뚝뚝하지만 배추흰나비 애벌레를 정성껏 돌보는 따뜻한 마음을 가진 민상과 거칠어 보이지만 자신과 주변을 밝은 에너지로 채워가는 배추자 여사의 캐릭터가 매력적이다. 자칫 침울하게 흘러갈 수 있는 상황을 거침없는 대화와 간결한 문체로 분위기를 전환해 재미를 더해주는 작품이다.

'악어에게 돌아간 아기 새'와 '8구역 배추자 여사' 사이에서 고민 끝에 주제와 구성, 완성도 면에서 뛰어난 '8구역 배추자 여사'를 당선작으로 골랐다.

아쉽게 선택되지 못한 예비 당선자에게는 격려의 박수를, 당선자에게는 축하의 메시지를 전한다.

심사위원 안수자 동화작가

국제신문

박나현

1975년 충북 진천 출생
경남대학교 국어국문학과 졸업
전 마산MBC(현MBC경남) 라디오 방송 작가
전 울산MBC TV 방송 작가
2020 샘터상 가작
2021 〈국제신문〉 신춘문예 동화부문 당선
papepopo40@naver.com

아디동 블루스

박나현

"야! 이가비. 운동장 등나무로 나와라."

학교 음악제가 코앞이다. 선생님은 왜 저런 범생이와 팀을 정해줬는지. 휴, 나는 허리춤에 걸쳐 놓은 바지를 추켜올리고 랩 연습을 했다.

"에이요. 내 이름은 표현. 열두 살의 래퍼. 우리 학교 최강. 날 상대할 자 아무도 없지. 요."

운동장을 걸어오는 이가비가 보였다. 나는 고개를 절레절레 흔들었다. 단추를 목까지 꽉 채운 셔츠와 커다란 안경. 답답한 옆 가르마에, 턱에 난 대왕 점까지 그냥 다 별로다.

언제 왔는지 이가비가 등나무 의자 앞에 엉거주춤하게 서 있었다. 나는 비아냥거리며 물었다.

"너 뭐 할 줄 아는 거 있냐?"

땅만 보던 이가비가 작은 목소리로 말했다.

"소리."

"뭐? 뭔 소리야?"

"우리 소리."

"그게 뭔데?"

이가비가 갑자기 노래를 불렀다.

"이 산 저 산 꽃이 피니, 진정코 봄이로구나. 어때? 사철가야."

아, 망했다. 랩과 국악이라니. 내 마음처럼 배배 꼬인 등나무 줄기만 한참을 째려봤다.

"너 랩 할 줄 아냐?"

"랩?"

나는 포기하듯 고개만 까딱했다.

"뜻밖의 별주부와 마주친 호랑이도 용봉탕 좋은 줄은 알았던가 보드라. 호랑이 좋아라고, 야 이놈아. 너 뭐라고 중얼거려 쌌냐? 어서 이리 오너라 먹자."

이가비가 만족스러운 얼굴로 말했다.

"가락을 붙이지 않고 이야기하는 아니리인데, 수궁가 중 호랑이 뒷다리란 대목이야."

"하……."

나는 어이가 없었다. 내일 보자는 말만 남기고 먼저 자리에서 일어났다.

집으로 가는 길 문화 장터가 열리고 있었다. 박물관 같았다. 도자기, 불상, 먹으로 그린 그림들, 역사책도 지겨운데 여기서 또 보다니. 그때, 음악 소리가 들렸다. 드럼과 피아노 반주에 첼로 소리가 떡박질하듯 경쾌했다. 고개를 돌렸다. 축음기가 있었다. 네모난 나무 상자에 나팔 모양의 금속관이 달린 축음기였다.

"이 음악이 좋은가 보구먼."

할아버지가 레코드판 하나를 건넸다. 고대 유물전에 나올법한 레코드판을 만지다니 신기했다.

"그거 50년도 넘은 거야. 아주 귀한 거지. 우리 손주 같아서 내 특별히 싸게 줄 테니까 가져가."

아빠에게 블루투스 이어폰을 사달라고 조르던 참이었다. 이건 어디다 써야 하나 생각하며 레코드판을 살폈다. 앞표지에는 체크 정장을 입은 외국인 아저씨가 첼로와 함께 웃고 있었다. 이름이 오스카였다. 아, 이런. 제목도 영어였다. 띄엄띄엄 읽었다.

"AH-DEE-DONG, 아디동 블루스?"

할아버지가 갑자기 축음기 소리를 높였다. 오래된 축음기가 지직거렸다. 아리랑 첼로 연주가 흘러나왔다. 재즈 음악이었다. 축음기가 다시 지직거리더니 나팔관이 마치 입처럼 오물거렸다. 나도 모르게 축음기 나팔관으로 다가갔다. 그때 갑자기 나팔관에서 손이 쑥 나와 내 손을 낚아챘다. 나는 나팔관 속으로 빨려 들어갔다.

웅웅대는 소리가 났다. 물속에 있는 것 같았다. 숨이 막혀왔다. 정신이 아득해지려는 순간 누가 내 손을 잡고 쑥 끌어 올렸다. 내가 정신을 차리자 어떤 아이가 나를 빤히 내려다보고 있었다.

"정신 좀 드냐?"

어디서 많이 본 얼굴이었다. 턱에 난 점, 이가비?

눈을 비비고 다시 보니, 안경 벗은 이가비였다. 그런데 머리 모양과 옷이 달랐다.

"야! 너 뭐야?"

"물에 빠진 놈 살려놨더니 보따리 내놓으라는 심보일세?"

"뭐?"

그러고 보니 몸이 축축했다. 분명 문화 장터였는데, 주변을 살폈다. 냇가였다.

'이게 어떻게 된 일이지?'

나는 머리를 긁적였다.

"야! 이가비 여기가 어디야?"

이가비는 내 말을 들은 척도 하지 않은 채 빨래만 하고 있었다. 나는 이가비 닮은 꼴에게 다가가 큰 소리로 말했다.

"야! 내 말 안 들려?"

"성격이 고약한 줄 알았으면 그냥 물에 둘 걸 그랬어. 그리고 아까부터 이가비라 하는데, 나 아니거든."

"그럼 넌 뭔데?"

"나 석구다. 어쩔래?"

"석구?"

그때 돌이 하나 날아와 냇가에 박혔다. 앉아있던 석구의 얼굴에 물이 튀었다.

"미군 빨래는 우리 거라 했지."

석구보다 두 뼘이나 더 큰 아이들이 다가왔다.

"너보다 내가 더 먼저 했거든!"

석구가 일어나 맞섰다.

"그래서 뭐!"

무서운 얼굴을 한 아이들은 석구를 밀치고 빨래통을 걷어찼다. 빨래통에 있던 군복들이 물 위로 흩어졌다.

"야! 하지 마!"

아이들은 달려드는 석구를 물속에 휙 밀쳤다. 석구는 그대로 냇가에 고꾸라졌다.

"한 번만 더 내 눈에 걸리면 그때는 알지? 조심해라. 이석구."

아이들이 사라질 때까지 물속에 주저앉은 석구는 꼼짝하지 않았다. 냇물로 떠내려가던 군복이 내 발목에 휘감겼다. 썩 내키지 않았지만 몸을 던져 떠내려가는 군복들을 집어 올렸다. 내가 봐도 좀 날렵했다. 석구도 그런 내 모습을 힐끔거렸다.

석구는 빨래를 담아 어딘가로 걸어갔다. 나는 석구 뒤를 따라갔다. 아무리 두리번거려도 높은 건물은 물론 차도 없었다. 깊은 산속 마을인가? 조금 걸어가니 온통 움막집인 동네가 나타났다. 영화 세트장인가?

"근데, 여기가 어디야?"

석구가 나를 빤히 쳐다봤다.

"너도 피난길에 혼자가 된 모양이구나."

"뭐, 피난길? 야, 지금이 50년대냐. 뭔 피난길?"

"응. 1952년이야."

나는 그 자리에서 얼음이 됐다.

"장난하냐?"

석구가 별일 아니라는 듯 나를 바라봤다.

"여기는 너같은 아이들이 많아. 전쟁통에 부모 잃고, 정신까지 잃은 애들."

"뭔 소리야?"

석구가 절레절레 고개를 저었다.

뭐지? 그러고 보니 석구도 동네 사람들도 옷차림이 이상했다. 깡통시장에서 봤던 구제보다 더 오래돼 보였다. 머릿속이 엉망이 됐다. 아, 손! 축음기 나팔관 속 손과 물속의 손, 어쩌면 같은 손일지 모른다. 바로 석구의 손. 다시 석구의 손을 잡으면 돌아갈 수 있을까? 나는 석구에게 더 바짝 다가가 걸었다.

석구는 움막집 동네를 지나 뒷산으로 올라갔다. 나무와 나무를 묶어 길게 연결한 빨랫줄이 있었다. 그런데 빨랫줄에는 몇몇 빨래만 있고 나머지는 더럽혀진 채 바닥에 떨어져 있었다.

"아까 걔들 짓 아냐?"

석구는 말없이 바닥에 떨어진 빨래를 털어 빨래통에 넣었다.

"너 왜 가만히 있어? 겁쟁이구나?"

석구가 픽 바람 빠지듯 웃었다.

"저런 건 아무것도 아니야. 내가 강원도에서 정말 죽을 고비 넘기고 이곳에 왔거든."

석구는 마른 군복을 갠 다음 풀밭에 앉았다. 발밑 피란민 마을에서 저녁 짓는 연기가 올라왔다.

"우리 할아버지는 떼꾼이었어."

"떼……, 뭐?"

"정선 소나무가 진짜 좋거든. 정선 소나무를 서울까지 운반하는 사람. 뗏목을 타고 말이야."

"뗏목?"

"아우라지에서 서울로 가는 길은 물살이 센 곳이 많아. 뗏목을 타고 가기엔 힘든 길이었어. 그럴 때마다 떼꾼들은 아라리를 부르며 힘을 냈대."

"아라리?"

"아리랑 아리랑 아라리오 아리랑 고개 고개로 나를 넘겨 주게. 아우라지 뱃사공아 배 좀 건너 주게. 싸리골 올동백이 다 떨어진다."

석구의 노랫가락은 구슬펐다.

"여기까지 오면서 굶어 죽은 사람도 봤고, 총 맞아 죽은 군인도 봤어. 무서웠어. 그럴 때마다 나도 할아버지처럼 소리를 했어."

석구의 눈동자에 물기가 스며들었다. 조금 뜸을 들이다 노래를 불렀다.

"이 산 저 산 꽃이 피니, 분명코 봄이로구나. 봄은 찾어 왔건마는. 세상사 쓸쓸 허드라. 나도 어제 청춘일러니. 오날 백발 한심허구나."

언덕 너머 철쭉 핀 산들이 세 겹이나 보였다. 석구의 노래가 구불구불한 산을 한 겹, 두 겹 넘어갔다. 높기도 하고 낮기도 하고 떨리기도 하면서 내 가슴을 간질였다.

"사철가지?"

"응. 너도 아는 노래야?"

"뭐 어쩌면, 그럴지도."

해가 산에 반쯤 걸릴 때 우린 다 마른 군복을 가지고 언덕을 내려왔다. 석구가 미군 부대 철조망에서 누군가를 기다렸다. 미군 부대 안은 소란스러웠다. 멀리서 번쩍번쩍 불빛도 보이고, 쿵짝쿵짝 드럼과 첼로, 트럼펫 소리가 들려왔다.

"위문공연단이 왔나 보네."

석구의 말에 나는 까치발을 들고 부대 안을 살폈다.

"위문공연단?"

낮게 들리는 음악 소리에 몸이 들썩거렸다. 석구도 고개를 까딱거리며 리듬을 맞췄다. 조금 있으니, 미군 두 명이 건들거리며 우리 곁으로 다가왔다.

"헤이, 몽키. 쏭."

저건 놀리는 말이다. 영어를 몰라도 미군 아저씨의 표정만 봐도 알 수 있었다.

"석구야, 아니야."

나는 석구의 팔을 잡았다. 석구는 내 손을 빼냈다. 놀리듯 웃어대는 미군들 앞에 석구가 다가갔다. 나는 더 세게 석구의 팔을 잡았다.

“야, 아니라고. 너 바보냐? 하지 마!”

석구는 내 팔을 더 세게 뿌리치며 말했다.

“이거 놔. 노래 안 부르면 우리 가족은 굶어 죽는다고! 상관하지 마.”

석구가 나를 밀쳤다. 나는 한발 물러난 채 서 있었다. 석구가 눈을 감고 노래를 불렀다.

“아리랑, 아리랑 아라리오. 아리랑 고개를 넘어간다…….”

석구의 볼을 타고 눈물이 흘러내렸다. 노래가 끝나자 미군들은 히죽대며 통조림과 초콜릿을 석구의 품에 밀어 넣었다. 그리고 개킨 군복을 들고 부대로 돌아갔다. 나와 석구는 아무 말 없이 그냥 서 있었다.

그때 등 뒤에서 지켜보던 한 남자가 우리에게 다가왔다. 군복이 아닌 체크 정장을 입고 있었다.

“어, 저 사람, 나 아는데.”

레코드판 표지에 있던 오스카 아저씨였다. 오스카 아저씨는 우리에게 다가와서 석구가 부른 아리랑을 흥얼거렸다. 놀려대던 미군들과는 다른 표정이었다.

“아, 리?”

오스카 아저씨가 고개를 갸웃했다. 석구는 한 자 한 자 힘주어 말했다.

“아. 리. 랑!”

오스카 아저씨도 힘주어 말했다.

"아디동!"

오스카 아저씨가 웃으며 석구에게 아리랑을 불러줄 수 있느냐고 말했다. 석구는 고개를 끄덕였다. 둥그런 보름달이 조명이 돼 석구를 비추고 있었다. 석구는 마치 무대에 선 것 같았다. 세상 어디에도 없는 석구만의 무대. 석구는 길게 숨을 내쉰 뒤 눈을 감았다. 그리고 석구의 입에서 아리랑이 흘러나왔다.

"아리랑, 아리랑, 아라리오."

석구의 아리랑은 굽이굽이 펼쳐진 산과 같았다.

"아리랑 고개로 날 넘겨주오. 나를 버리고 가시는 님은."

석구의 아리랑은 산을 휘감아 도는 강과 같았다.

"십리도 못가서 발병 난다."

피난길에 석구가 내쉬었을 한숨이 느껴졌다.

"원더풀, 원더풀."

아리랑이 끝나자 오스카 아저씨는 손뼉 치며 소리를 질렀다. 오스카 아저씨의 칭찬에 석구가 활짝 웃었다. 석구의 웃음은 보름달보다 환했다. 오스카 아저씨가 손을 내밀었다. 석구가 주춤거렸다. 나는 석구 손을 잡고 오스카 아저씨와 악수를 시켰다. 아! 손. 석구의 손이 열쇠였다. 시간을 여는 열쇠. 석구와 오스카 아저씨의 모습이 뱅글뱅글 돌며 점점 멀어졌다. 나는 어지러워 눈을 감았다.

"저기, 학생. 사실 우리 손주는 서른 살인데, 우리 손주 어릴 때와 어찌 그리 똑같누. 싸게 줄게. 천 원짜리 두어 장만 주고 가지고 가.”

눈을 떴을 때 다시 문화 장터였다. 할아버지와 내가 레코드판을 맞잡고 있었다. 나는 주머니에서 돈을 꺼내 할아버지에게 건넸다. 레코드판을 가방에 넣었지만, 지퍼가 잠기지 않았다.

다음 날 등나무 아래에서 이가비를 만났다. 쭈뼛대던 이가비가 내 가방에서 레코드판을 꺼내 들었다.

“어, 이거 우리 집에도 있는데. 지금은 돌아가셨지만, 예전에 할아버지가 미군 부대에서 아리랑을 불렀대. 그걸 듣고 미국의 재즈 음악가 아저씨가 음악을 만들었대.”

“아, 혹시 이 석자, 구자 되시니?”

“네가 어떻게 알아?”

나는 씩 입꼬리를 올렸다. 이가비가 알 수 없다는 표정을 지었다.

“내가 앞에 랩을 할 테니까 랩이 끝나면 네가 아리랑을 불러 봐.”

“아리랑 아라리 고개는 우리의 고개. 너와 가까이 한 고개. 모두 들어봐 우리의 노래. 너희와 다른 노래. 우리는 그래. 우리는 소리와 랩을 하는 랩소리. 예.”

“아리랑 아리랑 아라리오. 아리랑 고개로 날 넘겨주오.”

등나무 아래는 우리의 무대 같았다. 등나무 꽃이 무대 조명보다 환하게 우리를 비추기 시작했다.

글을 읽고 내 생각을 적어보아요.

당선소감 박나현

몇 해 전, 국제신문 첫 장에 있던 이 녀석을 보고 말았습니다. '서랍 속 당신의 꿈을 응원합니다.' 이 녀석이 안테나로 제게 신호를 보내더군요. 삐리릿, 서랍을 열어라. 눈을 감았습니다. 오랜 시간 서랍 속에 갇힌 꿈을 꺼내 주기로 마음먹었거든요. 어린 시절 책상이 보이네요. 책상 서랍 셋째 칸, 색이 바랜 일기장을 펼쳤습니다. 납작 엎드려 있던 꿈이 보였어요. 열일곱의 저는 알았을까요? 마흔이 훌쩍 넘고서 꿈을 만나게 된다는 것을요.

동화는 제게 마법 지팡이입니다. 머릿속 엉뚱한 상상들을 눈앞에 펼쳐 주거든요. 매일 새벽, 컴퓨터를 켜고 마법 지팡이를 휘둘렀죠. 마법 지팡이가 늘 완벽한 마법을 부린 건 아닙니다. 하지만 그 과정마저도 행복하고 즐겁습니다. 지금처럼 행복하게 동화를 써가겠습니다. 동화의 모든 것을 알려주신 김재원 선생님 존경합니다. 제 몸속 에너지를 쫙 끌어 올려주신 안미란 선생님 사랑합니다. 어려울 때 큰 용기를 주신 홍종의 선생님, 저 해냈습니다. 힘 불끈 솟게 토닥여주던 우리아 작가님. '언니 동화 한번 써봐요.' 선견지명이 있었던 이서림 작가님, 늘 큰 그늘을 내어주는 박그루 작가님, 센텀글나라동화교실과 꽃동 글벗들 고맙습니다. 냉철한 어린 비평가 원하음, 원하린 사랑하는 내 보물들, 늘 큰 힘이 되어준 멋진 심쿵 남편 원현수 씨 사랑합니다. 마지막으로 제 동화에 날개를 달아주신 임정진 선생님,

배유안 선생님께 고개 숙여 인사드립니다.

다시 서랍으로 돌아갈까요? 일기장 맨 마지막 장에 글을 써넣습니다.

'넌 꿈을 이룰 거야. 그런데 어쩌니. 그게 끝이 아니란다. 지금부터 진짜 시작이거든.'

현대사 어린이 눈높이로 보여줘 산뜻

응모작품들을 통해 발견한, 신인들이 공통적으로 범하는 실수 몇 가지. 설정은 과다하고 사건은 미비한 것, 주인공의 뚜렷한 역할이 없는 것, 시작은 촘촘한데 마무리가 허술한 것 등. 이는 캐릭터 창조를 소홀히 한 때문이다. 사건과 갈등을 만들고 해결하면서 결론으로 나아갈 개성 있는 인물 없이 어떻게 적절한 에피소드를 만들고 독자를 유혹할 것인가.

심사위원의 손에 끝까지 남은 작품은 추억의 냄새를 남기고 되살려 주는 세탁소 이야기인 '우동 세탁소'와 국악 소리를 좋아하는 래퍼 소년 이야기인 '아디동 블루스'였다. 연마가 잘된 문장으로 매끄럽게 쓴 '우동 세탁소'는 설정의 유형이 눈에 익었다는 점과 인물들의 액션이 미미하다는 점이 아쉬웠다.

당선작으로 선정한 '아디동 블루스'는 한국전쟁 당시 위문공연차 우리나라에 왔다가 들은 아리랑을 재즈 블루스로 편곡해 해외에 알린 미국인 오스카 페티포드의 이야기를 국악 판소리의 아니리를 랩으로 부르는 래퍼 소년과 연결하여 쓴 작품이다. 우리 현대사의 미세한 부분을 발췌하여 그것을 어린이의 눈높이에 맞추어 버무린다는 것은 여간 어려운 일이 아니다. 당선작은 그런 까다로운 작업을 상상력으로 잘 엮어냈고 취재력과 구성력을 보여줘 앞으로 더 탄탄한 작품을 써낼 것이라는 기대감을 주었다. 열정으로 창작하여 신인 발굴의 기쁨을 준 당선자에게 축하를 전하며 못다 보인 역량을 십분 발휘해 아동문학의 수준을 한껏 높여 주기를 기대한다.

심사위원 배유안 · 임정진 동화작가

동아일보

김은아

1977년 서울 출생
덕성여자대학교 교육대학원 영양교육 석사
2021년 〈동아일보〉 신춘문예 동화부문 당선 가작
euna1698@gmail.com

니들이 사춘기를 알아

김은아

아침에 하는 샤워는 언제나 상쾌하다. 샤워기에서 떨어지는 물을 맞고 있으면 밤새 꿉꿉했던 냄새와 졸음까지 달아난다. 뿌옇게 내려앉은 습기를 닦아내니 거울 속의 내가 보였다. 젖은 머리를 흔들어 물기를 털어내고 머리카락을 쓸어 올렸다. 그러다 눈썹에 힘을 주고 고개를 이리저리 돌려 봤다. 화장실 조명 아래 물에 젖은 모습이 멋있어 보였다. 콧대가 조금만 더 높았어도 좋았을 텐데. 코끝을 살짝 들어 올리며 아빠를 원망했다.

그때, 누나가 화장실 문을 두드렸다. 사실 두드린다기보다 발로 걷어찼다는 게 맞을 거다.

"야! 노도민! 빨리 안 나와!"

안방 화장실로 가면 될 텐데 누나는 왜 이 난리인지 모르겠다.

누나는 중2다. 남들은 중2라서 그런 줄 알겠지만 몇 년 전부터 쭉 저렇다. 일만 생기면 신경질이고 별일이 없어도 짜증이다. 사춘기라나 뭐라나. 누나가 그럴 때마다 엄마는 한쪽 눈을 찔끔거린다. 참으라는 사인이다. 엄마 말로는 사춘기는 가족의 배려 속에서 아름답게 꽃피는 거라나? 중2병이야 중3이 되면 없어지겠지만 사춘기는 언제쯤 나아지려는지 모르겠다.

난 누나처럼 세상 모든 것을 못마땅해하며 사춘기를 나고 싶지 않다. 그래서 이유 없는 신경질과 짜증을 내지 않기로 마음먹었다.

누나는 고래고래 소리를 질렀다. 화장실 문마저 부서트릴 기세다. 그러기 전에 나가는 게 좋겠다.

그때, 엄마 목소리가 들렸다.

"지민아, 급하면 안방 화장실로 가!"

"싫어. 나 여기서 볼일 봐야 시원하단 말이야!"

물기도 제대로 닦지 못한 채 옷을 입고 나왔다.

"아야!"

누나는 내가 문을 열고 나오기가 무섭게 발로 엉덩이를 걷어찼다.

"왜 때려? 나도 이제 열두 살이야. 엉덩이 발로 차지 말라고!"

"너 아침에 샤워하면 어떡해. 너 때문에 늦었잖아!"

"누나가 먼저 일어나서 씻으면 될 거 아냐. 괜히 나한테 신경질이야!"

내가 지지 않고 말하자 누나가 입을 삐죽대며 화장실로 들어갔다. 수건으로 머리를 털며 엄마에게 투덜거렸다.

"엄마, 도대체 누나 사춘기는 언제 끝나? 언제까지 참아야 해!"

"누나만 그런 거 아니고 사춘기 되면 다들 그래. 성격 좋은 도민이가 누나 좀 봐줘."

엄마 말처럼 난 우리 집에서 성격이 제일 좋긴 하다. 왜냐면 나는 잘 받아주는 사람이기 때문이다. 난 엄마의 건망증도 받아주고(잃어버린 물건을 잘 찾아 준다), 아빠의 갱년기 하소연도 받아주고, 누나의 까칠함도 받아주고, 세민이의 철없음도 받아준다.

나도 누나에 맞서 싸우고 싶지만, 아침부터 싸웠다가는 엉뚱한 데다 화풀이할 것 같아 참았다. 이런 일로 화를 내는 것은 노도민답지 않다.

시계를 보니 이럴 때가 아니다. 드라이기로 머리를 말리고 흐트러진 머리칼을 왁스로 고정했다. 그런데 오늘따라 평소 쓰던 로션의 달짝지근한 향이 니글니글하게 느껴졌다. 이건 우리 집 아홉 살 꼬맹이나 줘야겠다. 세민이가 들었으면 엄마에게 이른다며 열을 내겠지만 엄마가 모든 걸 해결해 줄 거로 생각하는 것부터가 아직 꼬맹이다.

안방으로 가서 아빠의 스킨을 손바닥에 따랐다. 그리고 두 뺨과 이마에 찰싹찰싹 두드렸다. 알싸한 향이 내 몸을 더 상쾌하게 만들었다.

옷장을 열어 티셔츠 몇 벌을 꺼내 거울에 비추었다. 남색 줄무늬 티셔츠와 청바지를 골라 입고 거울 앞에서 뒤태까지 확인했다. 오늘따라 시계는 더 빨리 움직였다.

이러다 가는 지각이지 싶어 서둘러 학교로 뛰었다. 흘러내린 땀에 온몸은 끈적끈적해졌고 구질구질한 기분마저 들었다. 향수를 가지고 다니길 잘한 것 같다. 아빠 향수와 같이 들어있던 미니어처 향수를 꺼내 온몸에 뿌렸다. 시원하고 상큼한 향이 땀 냄새와 구질구질한 기분을 사라지게 했다.

교실로 들어가 인사를 하고 자리에 앉았다. 컴퓨터를 보고 있던 선생님이 고개를 들어 쳐다봤다.

"향수 뿌린 사람 누구야?"

선생님이 코를 킁킁거리자 선생님 콧등에 걸려있는 잠자리 안경도 같이 킁킁댔다.

내가 손을 들고 일어났다.

"학생이 무슨 향수야?"

"학생은 향수 뿌리면 왜 안 되는데요?"

정말 궁금해서 한 질문이다. 향수 사용설명서에는 '18세 이상 사용'이라는 말은 없었다. 초등학생 향수 금지라는 말도 들어본 적이 없다. 솔직히 말해 선생님의 퀴퀴한 땀 냄새 보다 백만 배는 낫다.

"노도민, 향수는 여러 가지 화학제품으로 인위적으로 만든 향이야. 너희 같은 성장기 아이들에게는 나쁜 영향을 줄 수 있어."

인위적이어서 안 좋다고? 우리 주변에 인위적이지 않은 것이 있을까? 학교부터가 인위적인데.

"학교는 공부에 필요한 것만 있으면 돼. 그리고 선생님이 말하는데……."

그러면 그렇지 역시나 공부 이야기다. 했던 말 또 하는 선생님의 잔소리 공장이 따따부따 생산을 시작했다. 생산 속도가 다른 날에 비해 빠르다. 잔소리를 왼쪽 귀로 받아 오른쪽 귀로 흘려보냈다. 선생님의 붉은 대머리를 보니 엔진이 과열되어 터지지는 않을지 걱정이 되었다.

"노도민! 향수 뿌리지 마."

선생님도 사춘기인가? 이렇게 생각하는 게 차라리 마음이 편하다.

비가 와서 친구랑 놀지 못하고 바로 집으로 왔다.

놀지 못하는 아쉬움에 목이 메어선지 목구멍이 까끌까끌했다. 리코더의 구멍을 제대로 막지 못했을 때처럼 쇠 긁는 소리가 났다. 찢어지는 목소리가 갑갑해서 헛기침을 계속해보지만 그럴수록 목이 더 잠겼다.

방으로 들어와 음악을 틀었다. 목을 조이는 갑갑함 때문에 심장도 터질 듯 뛰박질했다. 볼륨을 최대한 높이고 노래를 따라 불렀다.

"오오오오워우어 오오오오워우어~"

주먹을 마이크처럼 입에 대고 힘을 주어 불렀다. 평소보다 몇 배는 쥐어짜야만 목소리가 나왔다. 그리고 춤도 추었다. 꼭 내가 무대 위의 아이돌이 된 것 같았다. 그때, 방문이 벌컥 열렸다. 세민이었다.

"형! 그만해. 봐주는 데도 한계가 있어. 형 때문에 내가 살 수가 없어! 내가 요즘 얼마나 힘든지 알아?"

난데없이 들어와 다짜고짜 소리치는 세민이 때문에 어리둥절했다.

"내가 뭘? 왜 화내는 거야?"

"아휴! 내가 못 살아."

세민이는 땅이 꺼질 듯 한숨을 쉬며 자기 가슴을 툭툭 쳤다. 그러고는 더 말하기 싫다는 표정으로 나가버렸다. 저 표정은 누나에게 많이 봤던 건데……. 세민이도 혹시? 사춘기가 전염병은 아닐까 걱정이 됐다. 설마 나한테 옮지는 않겠지?

저녁은 엄마가 중국집에서 배달을 시켜 먹자고 했다. 엄마는 중국집 전화번호를 찾으며 말했다.

"세민이, 도민이는 자장면이고 난 짬뽕, 그리고 당신이랑 지민이 뭐 먹을 거야?"

뭐지? 내가 먹을 메뉴를 엄마가 결정했다. 누나는 가지고 있는 메뉴 선택권이 나한테는 없었다.

내 의견은 물어보지도 않은 채 자장면이라니. 이제는 엄마가 정해준 대로 먹기 싫다.

"엄마, 나 자장면 먹겠다고 한 적 없어! 난 짬뽕 먹을 거야."

엄마는 수화기를 든 채로 빤히 나를 쳐다보며 말했다.

"너 원래 매운 것 안 먹잖아……?"

"엄마, 원래라는 건 없어. 먹고 싶은 건 언제든 바뀔 수 있는 거야. 오늘 내 기분은 짬뽕이야."

"후회하지 마. 너!"

엄마는 '남기면 각오해'라는 눈빛으로 나를 쳐다봤다.

"후회 안 해. 내 인생이야. 내가 결정해."

난 짬뽕 한 그릇에 승리라도 한 것처럼 우쭐한 기분이 들었다. 소파에 앉아 아빠처럼 다리를 꼬고 팔짱을 끼었다.

하지만 내가 선택한 메뉴에 대한 대가는 끔찍했다. 얼얼한 혓바닥에 찬물 마사지를 해보았지만 매운 기는 가라앉지 않았다. 입술은 보지 않아도 알 것 같았다. 두툼하고 빨갛게 부푼 비엔나소시지일 거다.

방으로 들어와 거울에 혓바닥을 쏙 내밀고 혀의 매운맛 반응을 관찰했다. 그때 누군가가 내 어깨를 툭툭 건드렸다. 놀라서 돌아보니 아빠였다. 짬뽕 먹겠다고 큰소리치고는 매워서 안절부절못하는 모습을 들킨 것 같아 창피하고 화가 났다. 왜 노크를 안 하는 거야!

아빠는 얼마 전까지 가족이 있어도 외롭고 인생이 비누 거품처럼 허무하다며 갱년기 눈물 바람이었다. 지금은 아빠의 하소연을 받아줄 기분이 아니다.

"아빠 노크 몰라?"

"해, 했는데. 못 들었구나."

"무슨 일이야?"

"그냥 요즘 도민이랑 대화가 없는 거 같아서. 힘든 건 없어? 공부하기는 어때?"

"좋겠어? 당연히 싫지."

"도민아 공부는 말이야 인생의 전부는 아냐. 네 꿈을 이루는 데 필요한 수단 같은 거야 그러니깐……"

결국은 공부가 최선이라는 말 아닌가? 듣고 있기 지루했다.

"아빠가 내 꿈을 알기는 해?"

"우리 도민이 꿈 전에는 축구 선수였는데. 주말에 축구 하러 갈까?"

"더운데 무슨 축구. 내 일은 내가 알아서 해."

순간 아빠의 얼굴이 일그러지더니 버럭 소리를 질렀다.

"뭐? 알아서 해? 이제 좀 컸다는 거야?"

갑작스러운 아빠의 고함에 엄마, 누나, 세민이 달려왔다. 엄마가 아빠 팔을 잡아당기며 말했다.

"여보, 그만해. 도민이랑 대화하라고 했지, 화를 내라고 했어?"

"틱틱거리는 애랑 무슨 대화야. 대화가 안 된다고."

억울하고 기가 막혔다. 아빠는 허락도 없이 내 방에 들어와서는 대화가 안 된다며 화를 내는 거다. 아빠의 갱년기는 사라졌는데 대신 사춘기가 온 건가?

이게 웬 날벼락인지 모르겠다. 내가 무슨 동네북도 아니고 누나에 세민이, 아빠까지 번갈아 가며 날 마구 두드려대고 있다. 이를 악물고 참으려고 했지만, 화가 가라앉지 않았다. 내가 아무리 다 받아주는 도민이라 하더라도 참는 데 한계가 있다. 온몸에 피가 뜨거워지면서 열이 솟구쳤다. 딱 피 끓는 청춘 그 자체였다.

앗! 못 참겠다. 방문을 발로 뻥 차버리고는 씩씩대며 거실로 나갔다.

"엄마, 아빠, 누나, 세민이 모두 너무 한 것 아냐? 내가 그렇게 만만해!"

텔레비전을 보던 여덟 개의 눈이 나한테 쏠린 채 얼음이 되었다.

"왜 다들 나한테 짜증에 신경질이냐고. 누나 언제까지 사춘기 할 건데 이제는 그만할 때도 되잖아. 세민이 너! 어린애가 왜 벌써 사춘기인 건데! 아빠는 갱년기랄 때는 언제고 왜 지금 사춘기야. 그리고 엄마! 나도 의견이 있어. 제발 엄마 마음대로 하지 말라고!"

내 안에 가둬두었던 말들이 모두 쏟아져 나왔다. 꾹꾹 눌렀던 말들을 다 뱉고 다니 몸무게가 준 듯 가벼웠다. 방으로 들어와 문을 잠갔다. 내 피는 언제 끓었냐는 듯 시원했다. 오늘은 두 발 뻗고 푹 잘 수 있을 것 같았다.

아침 샤워는 상쾌하다. 뿌연 거울을 손으로 문질러 닦아내고 얼굴을 들여다보았다. 어? 이건 뭐지? 어제만 해도 없던 빨간색 뾰루지가 툭 불거져 나와 있었다. 어떤 것은 빨갛다 못해 하얗게 튀어나와 있었다. 양쪽 손의 검지를 맞대고 하얗게 올라온 부위를 꾹 눌렀다. 찍 하고 누리끼리한 액체와 하얀색 점액이 흘러나왔다. 번뜩 내 머리를 스치는 단어가 있었다. 여. 드. 름. 생전 처음 마주한 여드름이었다. 여드름은 사춘기 때 나는 거라고 배웠는데…….

화장실 문을 열고 나오는데 속닥거림이 들렸다. 속닥대는 방향으로 내 귀와 신경이 곤두섰다.

"엄마, 나도 저랬어? 도민이 좀 심한 거 같아."

"넌 더 했어. 신경질에 짜증이 얼마나 심했는데."

"형이 며칠 전에는 찢어지는 목소리로 소리 질러서 관리실에서 인터폰 오고 장난 아니었어."

"세민아. 형이 변성기라 그래."

평소 큰 목소리를 자랑하는 아빠도 속닥속닥 말했다.

"전에는 나랑 대화도 잘 통했는데 이제는 상관하지 말라니."

"우리 도민이 사춘기가 온 것 같아. 도민이 기분이 거슬리지 않게 좀 받아주자."

뒤이어 누나의 히죽거리는 웃음소리와 말소리가 들렸다.

"근데 엄마, 도민이는 자기가 사춘기인 줄 모르나 봐. 도리어 우리한테 사춘기라잖아. 크크크"

내가 사춘기라고? 정말? 말도 안 돼!

요즈음 있었던 일들이 떠올랐다. 모든 퍼즐 조각이 맞춰지는 느낌이다. 얼굴이 확 달아올라 따가웠다. 이번에야말로 화끈거리는 얼굴에 찬물 마사지가 필요한 순간이다.

이렇게 나의 사춘기는 시작되었다.

글에서 떠오르는 장면을 그림으로 그려보아요

당선소감 김은아

내 글의 주인공처럼 나도 사춘기다. 이차성징만 끝냈지 매 순간이 질풍노도였으며, 내가 누구인지 무엇을 하고 싶은지 끊임없이 되묻는 시간이었다. 그러다 동화책을 읽고 펜을 잡았다. 이런 내가 덜 자란 어른인 듯 부끄러웠으나 이제는 그러지 않아도 될 것 같다. 내 안에 어린 내가 있어서 동화를 쓸 수 있었다. 그 아이와 같이 울고, 웃고 한 시간이 헛되지 않았음에 감사한다.

비대면 시대에 가장 큰 변화를 겪은 건 어린이가 아닐까 싶다. 놀이터와 운동장에서 아이들의 재잘거리는 소리를 잃은 지 오래다. 대신에 뉴스에서 아이들의 비명을 듣는다. 어른으로서 부끄럽고 미안할 뿐이다. 멈춰버린 일상 속에서도 꿈을 꾸며, 자라나고 있는 어린이들에게 응원을 전한다. 좋은 글로 어린이들의 목소리를 전달하는 전달자가 되겠다.

당선되었다는 소식에 한동안 멍했다. 내 안의 작은 싹을 보고 뽑아주셨으리라 짐작한다. 뽑아주신 심사위원 선생님과 동아일보에 감사드린다. 좋은 작가로 성장하여 보답하겠다.

감사할 분들이 많다. 동화로 이끌어주신 정이립 선생님, 정해왕 선생님, 신현수 선생님께 감사드린다. 허점투성이 글을 마음으로 읽어준 글 벗들에게도 감사드린다. 그리고 글을 쓴다는 핑계로 가족에게 소홀했던 마음의 빚을 조금은 덜고 싶다. 당선소감을 빌어 미안함과 감사를 전한다.

아침에 일어나 보니 눈이 얇게 내려앉았다. 한두 사람만 지나가도 금방 없어져 버릴 눈이다. 모두 사라지기 전에 내 발자국을 남겨보련다.

재치와 생생함에 집중… 발전 가능성 충분

어느 해보다 기대가 컸다. 신종 코로나바이러스 감염증으로 인한 사회적 거리 두기로 혼란과 함께 시공간적, 그리고 심리적, 정서적 분리가 사람들에게 큰 영향을 미치고 있지만, 글 쓰는 사람들은 이러한 특별한(?) 시간을 그냥 통과하지 않을 거라는 설렘마저 들었다. 그러나 전국 곳곳에서 도착한 작품들은 마치 바이러스에 지친 듯 힘겹거나 급하게 서두른 흔적들이 역력했다. 그래서 더 애정을 갖고 한 편, 한 편 마주한 끝에 네 작품을 본심의 탁자 위에 올려놓게 되었다.

대충 읽으면 독창성이 전혀 보이지 않는 강아지 주인공의 동화로 보일 수 있는 '내 이름은 달강이'는 별일 없어 보이는 이야기를 별일 있게 만들어내는 힘이 있다. 하지만 이야기가 중간에서 뚝 끊긴 것 같아 당황하게 된다. '사이버 친구'는 올해 응모작의 많은 비중을 차지한 인공지능(AI)을 소재로 하고 있다. 그런데 글쓴이가 스스로 AI에 압도당한 것처럼 기계적인 대화 형식의 반복으로 작품의 격을 낮추고 말았다. '애니멀 볼의 비밀'은 흥미로운 소재로 그만큼 지루하지 않게 이야기를 풀어나갔지만 문장이 같이 뛰고 달리는 것처럼 어수선했다.

아쉽지만 '니들이 사춘기를 알아'를 당선작 없는 가작으로 정했다. 우선 제목이 자기 내용을 깎아내리는 것은 무책임이라 할 수 있다. 또한 재치와 생생함에 집중하다가 문장과 등장인물들의 심리를 소홀히 해서 그들을 미아로 만들어 버려서는 안 된다. 하지만 발전의 가능성이 충분히 보이기에 앞자리에 두었다. 300여 편 되는 모든 작품의 주인들에게 다시 책상 앞에서 만나자고 연애편지를 전한다.

심사위원 노경실 작가 · 김경연 아동문학가

매일신문

박 규 연

1980년 10월 9일 서울 출생
덕성여대 의상학 전공
2021년 〈매일신문〉 신춘문예 동화부문 당선
mid009@naver.com

우리 집에 놀러와

박규연

건호가 나와 엄마를 폴짝 앞질러 성큼성큼 걸어갔다. 그러고는 뒤돌아서서 빙긋 웃는 얼굴을 보니 또 속이 부글부글 끓었다. 나는 엄마를 슬쩍 끌어당겨 소곤거렸다.

"엄마, 오늘은 건호 그냥 집에 가라고 하면 안 돼? 쟤 만날 우리 집에 가는 거 싫어."

그러자 엄마가 내 옆구리를 쿡 찌르며 눈짓을 했다.

"조용히 해. 건호 듣겠다. 친구한테 그러는 거 아니야."

가슴속에서 끓던 불덩이가 목구멍까지 차올랐다. 나는 씩씩거리며 건호의 어깨를 툭 밀치고 지나가 버렸다.

건호는 매일 학교가 끝나면 나와 함께 시간을 보낸다. 우리 집에서 간식을 먹고, 나랑 같이 학원에 갔다가, 우리 집에서 저녁도 먹는다. 퇴근한 건호 엄마가 돌아와 건호를 데리고 갈 때까지 내내 우리 집에서 지내다 간다.

"선재야, 건호랑 친하지? 건호네 엄마가 일하느라 늦게 오니까 엄마가 건호를 너랑 같이 좀 돌봐 줄까 하는데, 괜찮을까?"

처음에 엄마가 이렇게 물었을 때, 나는 너무 기뻐서 밤에 잠도 못 잘 정도였다. 안 그래도 혼자 놀기 심심했는데, 건호랑 학원도 같이 다니고, 우리 집에서 저녁때까지 매일 어울려 놀 생각을 하니 가슴이 풍선이 된 듯 들떠서는 실없이 웃음만 나왔었다. 그런데 건호가 자꾸만 얌체같이 구니 이제는 꼴도 보기 싫다. 제발 좀 자기 집으로 가버리면 좋겠다. 성가신 혹처럼 콕 붙어서 만날 쫄래쫄래 우리 집으로 따라오는 게 짜증이 난다.

건호가 엄마 앞에 대고 왼쪽 발을 척 내밀었다.

"끈이 풀렸어요."

엄마가 쪼그려 앉아 건호의 운동화 끈을 묶어주었다. 엄마의 굽은 등이 유난히 처량해 보였다.

"뭐해? 얼른 와!"

내가 외치자 엄마가 손을 탁탁 털면서 일어섰다. 건호는 또 쫄래쫄래 우리를 따라왔다.

집에 돌아오자마자 엄마가 사과를 깎고, 빵을 데워주었다. 식탁에 건호랑 마주 보고 앉았다. 사과 접시가 가운데에 놓이자 눈치 없이 건호가 바로 한 조각을 찍어 입에 넣었다. 주인이 먹기도 전에 손을 대는 건 어디서 배워먹은 버르장머리인지 모르겠다.

"아, 아까 진짜 웃겼는데……."

건호가 낄낄거리며 입을 열었다. 설마 아까 체육 시간에 줄넘기

하다 넘어진 이야기를 꺼내는 건 아니겠지.

"넌 어떻게 하필 최혜주 바로 옆에서 넘어지냐? 최혜주 놀란 얼굴 봤어?"

딱 저거다. 저렇게 얄미운 소리만 하니 좋게 봐줄 수가 없다.

"조용히 해라."

내가 이를 악물고 중얼거렸다.

"야, 괜찮아. 그럴 수도 있지. 그냥 잊어버려!"

키득거리는 건호의 입안에서 씹던 사과 조각이 툭 튀어나왔다.

"아, 더러워!"

나는 포크를 식탁 위에 탁 내려놓고 일어나 방으로 들어 가버렸다.

나는 혜주 앞에서 망신을 당했는데, 건호는 줄넘기 일등을 했다고 질투하는 건 아니다. 내가 그렇게 속이 좁지는 않다. 공부도 곧잘 하고, 키도 크고, 성격도 털털한 건호가 나는 오히려 좋았었다. 건호랑 더 친해질 수 있을 거란 기대에 설레기도 했다.

그런데 건호는 나와 같은 마음이 아닌 것 같았다. 학원에서 본 내 시험점수를 가지고 놀리기도 했고, 숙제를 하다가 엄마 앞에서 트집을 잡기도 했다. 우리 집에 온 첫날부터 쭈뼛거리며 어색해하더니, 요즘에는 나랑 놀면서도 자꾸만 시계를 힐끔거린다.

학원을 다녀와서도 마음이 풀리지 않았다. 건호는 줄넘기하다 넘어진 거로 나를 놀려놓고 미안한 기색이 없었다. 먼저 말을 걸어와도 시원치 않을 판에, 학원에서 내내 나를 투명인간 취급했다. 다른 아이들하고만 수다를 떨고 장난을 치는 걸 보니 목구멍에 차올랐던 불덩이가 머리끝까지 솟았다.

입을 꽉 다물고 숙제를 하는데, 엄마가 방으로 들어왔다.

"얘들아, 사골국 끓여놨어. 얼른 숙제하고 저녁 먹자. 너희들 배고프겠다."

건호가 엄마의 말에 인상을 썼다. 은혜를 몰라도 유분수지, 건방짐이 하늘을 찌른다.

"선재야, 손톱이 너무 기네. 손 줘봐. 본 김에 깎아야지, 또 잊어버릴라."

엄마가 손톱깎이를 가져와 내 손톱을 하나하나 깎아주었다. 조용한 방안에 톡톡 손톱 깎는 소리가 울렸다. 톡.

"아!"

내 손톱 하나가 건호의 얼굴로 튀어 오른 모양이었다. 옆에서 숙제를 하던 건호가 얼굴을 문지르며 또 인상을 썼다.

"아이고, 건호도 아줌마가 손톱 좀 깎아줘야겠다. 너희들 손톱 보면 호랑이가 친구 하자고 하겠다!"

엄마가 속도 없이 헤벌쭉 웃으며 건호의 옆으로 다가가 앉았다. 엄마는 건호의 손톱도 하나하나 정성껏 깎아주었다. 저런 모습도 못마땅한 것 중 하나다. 아까 운동화 끈이 풀렸을 때도 당당하게 발을 내밀더니, 아주 당연하다는 듯 손을 뻗어 엄마에게 맡기는 모습에 기가 막혔다. 우리 엄마가 자기 엄마도 아닌데, 자기 엄마

대하듯이 굴고, 어떨 때는 종 부리듯 한다. 엄마가 엄하게 한소리 하면 좋을 텐데, 엄마까지 건호를 나와 똑같이 대했다. 손톱을 다 깎은 엄마가 자리를 뜨자마자 건호에게 으름장을 놓았다.

"야, 손톱은 너희 엄마한테 잘라 달라고 해라. 우리 엄마가 네 종이냐?"

그런데도 건호는 조금도 기죽은 기색 없이 오히려 피식 코웃음을 쳤다.

"너 지금 비웃냐?"

머리끝까지 올라온 불덩이가 화산처럼 터져버렸다. 나는 결국 참지 못하고 건호를 확 밀어버렸다. 건호가 얼굴이 벌겋게 달아올라 나를 노려보았다.

"너희 엄마 돈 받잖아. 나 봐주는 대신 우리 엄마가 돈 준다고!"

건호가 이글대는 눈으로 나지막하게 쏘아붙였다.

내 온몸에 뜨거운 화산 용암이 끊임없이 줄줄 흘러내렸다. 식탁 앞에 앉아서 김이 모락모락 나는 하얀 사골국을 쳐다보고 있으니 자꾸만 눈앞이 뿌예졌다.

"너희들 분위기가 왜 이래? 싸웠니? 기분들 풀고 어서 밥 먹어. 국 다 식겠다."

엄마가 물 잔을 놓으며 말했다. 나에게 독한 말을 쏟아낸 건호도 불편하긴 마찬가지인지 창백한 얼굴로 고개를 푹 숙이고 있었다. 엄마의 재촉에 우리는 할 수 없이 숟가락을 들었다.

엄마가 밤새 잠도 제대로 자지 못하고 애써 끓인 사골국이라 더 맛있게 먹어야 하는데, 화끈거려 손이 가질 않았다. 나는 대신 밥알을 잘근잘근 씹으며 건호가 한 말을 곱씹어보았다.

곰곰이 따져보니 모든 게 맞아떨어졌다. 나 하나 키우기도 힘들다던 엄마가 건호를 돌봐주겠다고 대뜸 나선 것이나, 나에게 하듯 건호를 세심하게 살펴준 것이나, 내가 싫다고 투정을 부려도 건호를 빼먹지 않고 우리 집에 데리고 온 일들이 단번에 이해가 갔다. 돈 없다, 아껴 써라, 잔소리하던 것까지 모조리 떠올랐다. 나는 훨훨 타는 불에 기름을 붓는 심정으로 사골국을 그릇 채 들어 꿀꺽 마셔버렸다. 주르륵 이마를 타고 땀이 흐르는 느낌이 났다.

"어머! 건호야!"

엄마가 비명을 질렀다. 건호가 먹은 음식을 바닥에 모조리 토하고 있었다. 건호의 티셔츠와 바지에 하얀 국물이 범벅이 되어 뚝뚝 흘러내렸다.

화장실에 들어간 건호는 한참 동안 나오지 않았다. 엄마가 허둥대며 부엌 바닥의 토사물을 닦고, 갈아입을 옷을 챙기는 동안 나는 화산이 멈춰버린 것처럼 멀뚱히 서 있기만 했다. 그때 마침 초인종이 울렸다. 건호 엄마였다.

"아유, 죄송해서 어쩌죠. 아, 사골국이요……. 괜찮을 거예요. 일단 건호 데리고 집에 가서 나중에 다시 연락드릴게요. 괜히 번거롭게 해드려 죄송해요."

자초지종을 들은 건호 엄마가 민망한 얼굴로 사과를 하고는 서둘러 건호를 데리고 갔다. 엄마가 왔다는 소리에 건호가 화장실에서 나왔다. 내 옷으로 갈아입고 나온 건호는 핏기가 하나도 없는 얼굴에 넋이 나간 듯 휘청거렸다. 힘없이 대문을 나서는 모습을 보니 나까지 마음이 울렁거렸다.

자려고 누웠지만 하나도 졸리지 않았다. 건호가 나 때문에 밥을 먹다 체했나 싶고, 나 때문에 토한 건가 싶고, 내가 그렇게 잘못을 했나 싶었다. 나는 건호를 싫어하지 않았는데, 건호에게 잘해주려고 했는데 왜 이 지경이 되었는지 괜스레 억울한 마음도 들었다. 당장 내일 학교에서 건호를 만날 일이 걱정되었다. 밤이 끝나지 않기를 바라며 뒤척거렸다. 엄마도 늦게까지 깨어있었다. 거실에서 엄마의 목소리가 들렸다.

"아니에요. 제가 더 죄송하죠. 건호가 사골국을 못 먹는 걸 알았다면 다른 걸 먹였을 텐데……. 아무 말을 안 해서 몰랐어요. 네, 잠자코 먹더라고요. 아무래도 그랬나 봐요. 자기 집이 아니니 불편했겠죠. 제가 더 신경을 썼어야 하는데……. 선재도 철이 없어요. 아직 애라서 배려도 모르고……. 건호가 저희 집에서 지내느라 마음에 상처를 받았을까 봐 걱정이네요. 네, 네. 아니에요. 그럼요. 언제 한번 건호랑 저희 집에 같이 놀러 오세요. 선재한테도 제가 잘 얘기할게요. 애들은 괜찮겠죠. 금방 잊어버리잖아요."

엄마의 말들이 귓속으로 들어와 꾹꾹 담겨서 가슴속에 차곡차

곡 쌓였다. 갑갑한 마음으로 깜깜한 창밖을 바라보는데, 엄마가 방으로 들어왔다.

"선재야, 건호가 우리 집에서 지내는 게 좀 불편해서 그랬나 봐. 너랑 엄마 사이에 낀 것 같은 기분이 들었겠지. 눈치도 보이고 그랬을 거야. 학교 가서 건호 만나면 토한 얘기 꺼내지 말고 반갑게 인사해. 싸웠어도 네가 먼저 풀고. 친구끼리는 그러는 거야."

나는 계속 창밖만 쳐다보았다. 엄마와 눈이 마주치면 울컥 눈물이 나올 것만 같았다.

"엄마 돈 받아? 건호 봐주는 대신 건호 엄마한테 돈 받아?"

방에서 나가려는 엄마에게 입속에서 맴돌던 말을 꾸역꾸역 내뱉고 말았다.

"돈? 그거야…… 건호 간식 먹이고, 저녁까지 먹여준다고 건호 엄마가 고마워서 주는 거지. 설마 엄마가 돈 때문에 건호 봐줬겠니? 네 친구니까 안쓰러워서 그런 건데……. 너희들은 쓸데없는 데에 신경을 쓰더라. 그런 건 어른들이 알아서 하니까 너희들은 그냥 사이좋게 지내면 돼."

다음날부터 건호는 우리 집에 오지 않았다. 이모인지 이모할머니인지 누군가 와서 건호를 돌봐준다는 이야기도 들었고, 혼자서도 집에 잘 있다는 이야기도 얼핏 들었다. 궁금했지만 물어보자니 내가 무슨 상관인가 싶었다. 학교에서도 마땅히 화해할 기회가 생기지 않아 서로 보고도 못 본 척하며 어색하게 지냈다. 굳어버린 용암 덩어리가 가슴팍에 꽉 막힌 듯 답답하기만 했다.

며칠 뒤, 체육 시간에 줄넘기 마무리 수업으로 급수 시험을 보았다. 아이들이 우리에서 빠져나온 양 떼처럼 우르르 운동장으로 달려나갔다. 나는 그동안 줄넘기 연습을 열심히 했다. 이번만큼은 멋지게 해내서 지난번 혜주에게 망신당한 일을 보상받고 싶었다. 하지만 다른 아이들도 열심히 연습한 모양이었다. 다들 폴짝폴짝 신이 나서 줄을 넘었다. 하도 잘하는 아이들이 많아서 슬그머니 주눅이 들었다.

나는 건호와 한 조가 되어 함께 시험을 보았다. 하필이면 같은 조라는 게 께름칙하긴 했지만, 건호를 이기고 싶은 마음 따위는 없었다. 오히려 건호랑 콩콩 뛰는 박자가 기막히게 딱 맞아서 나도 모르게 웃음이 나왔다. 한 번씩 줄을 넘을 때마다 내 몸이 하늘로 올라갈 것처럼 가벼워졌다. 나는 4급을 받았고, 줄넘기를 잘하는 건호는 2급을 받았다. 그럭저럭 만족스러웠다. 내가 원래 욕심이 많은 편은 아니다.

수업이 끝나고 교실로 돌아가려고 몸을 돌렸을 때였다. 뒤에서 나를 부르는 소리가 들렸다.

"이선재!"

건호였다. 건호가 나에게 달려왔다.

"야, 너 끈 풀렸어. 발 줘봐."

뜻밖의 건호의 말에 물끄러미 발을 내려다보았다. 왼쪽 운동화 끈이 풀어져 운동장 흙에 맥없이 끌리고 있었다. 건호가 쪼그려 앉아 내 운동화 끈을 묶어주었다. 나는 어쩔 줄을 모르고 서 있다가 건호 옆에 같이 쪼그려 앉았다.

"나 끈 묶는 거 배웠다! 잘하지?"

건호가 다부지게 매듭을 묶고는 나를 향해 환하게 웃었다. 건호의 눈빛에 갑자기 눈이 부시는 것 같았다.

"고마워."

우리는 함께 일어서서 교실로 달려갔다. 이번에는 건호를 이기고 싶었다. 건호가 나를 스치며 훌쩍 앞질러 가는데, 나도 있는 힘을 다해 건호를 잡으려고 뛰었다.

"건호야! 우리 집에 놀러와!"

운동장이 쩌렁쩌렁 울리게 큰소리로 외치면서 말이다.

주인공에게 편지를 써보아요.

당선소감 박규연

까르르 아이들 웃음소리가 들린다. 무슨 일인가 싶어서 옆에 다가가 가만 귀를 기울여보면 참으로 별 게 아니다. 저게 뭐 그리 웃을 일이라고 배꼽을 잡을까. 그러다 문득 깨닫는다. 아무것도 아닌 일에 웃을 수 있는 아이들이 나보다 훨씬 큰 사람이라는 걸.

지난 한 해 아이들은 학교도, 놀이터도, 친구네 집도 편히 갈 수 없었다. 내내 마스크를 쓰고 있느라 친구들 웃는 낯도 제대로 보지 못했다. 어른들도 견디기 힘든 팍팍하고 고된 세상 속에서 해맑고 굳세게 성장하는 아이들이 대견하다. 칭찬받아 마땅하다. 공부나 열심히 해라, 책이라도 한 줄 더 읽어라. 다그쳤던 어리석음을 사과하고 싶다.

아이들의 마음을 어루만져주고, 위로하는 글을 쓰겠다. 꼭 읽어주지 않아도 좋다. 까르르 웃고 노느라 책 읽을 시간이 없었다면 더할 나위 없이 잘된 일이다. 심심하면 놀러 오라고 책장만 활짝 펼쳐두겠다.

이 세상에 마법은 없다는 걸 뻔히 아는 나이가 되었어도, 혹시나 내 인생에 단 한번은 마법 같은 일이 생기지 않을까 하는 희망을 놓지 않았다. 그런 어수룩한 순진함 덕에 동화의 세계에 뻔뻔하게 발을 들이밀 수 있었나 보다.

아이들에 대한 생생한 이야기를 아낌없이 전해주는 찬희와 재희, 응원해주는 남편에게 고맙다. 좀 더 글을 써보라고 고개를 끄덕여주신 매일신문 신춘문예 심사위원님께도 진심으로 감사의 마음을 전한다.

나는 지금부터 책가방에 하얀 종이와 몽당연필과 때 묻은 지우개를 담아 머나먼 길을 떠나겠다. 내가 가진 무기가 미천해도 나는 든든하다. 아이들이 까르르 웃으며 내 귓가에 어디로 가야 할지 속삭여줄 테니까. 이제 출발이다.

동화, 희망을 이야기하다

300편에 가까운 응모작들 가운데 끝까지 심사자의 손에 남은 작품은 5편이었다.

'나사소년 김민석'(정미선)은 상처를 안고 힘겹게 살아가는 아이들이 서로 이해하고 가까워지는 과정을 재미있는 소재를 동원하여 설득력 있게 그린 동화다. 문장이 질박함을 넘어 다소 거칠어 보이는 것이 흠이라면 흠이다.

'비누꽃'(박진희)은 탄탄한 서사의 틀을 갖춘 작품으로, 저마다 다른 어려움을 겪는 아이들이 서로 마음을 열고 힘을 모으는 모습을 애정 어린 눈길로 그려냈다. 사건 전개가 너무 '모범적'이어서 다음 대목을 쉽게 예상할 수 있는 건 장점일까, 약점일까.

'반창고'(오바다) 역시 비슷한 소재를 다룬 따스한 이야기이다. 글을 읽다 보면 온기를 전해주는 '목수건'과 상처를 감싸주는 '반창고'의 상징성에 주목하게 되는데, 사건 설정이 다소 작위에 흐른 점이 아쉬웠다.

'낮은 계단'(정유나)은 끝까지 당선작과 어깨를 겨룬 무게 있는 작품이다. 장애를 가진 주인공이 계단을 오르는 단 몇 분 동안 일어난 일을 한 편의 동화로 완성한 점부터 신선했다. 현재와 과거를 넘나드는 일인칭 시점의 서술도 밀도 있고 자연스러워 독자를 이야기 속으로 끌어당기는 힘이 느껴졌다. 완성도를 조금만 더 높였더라면 당선작으로도 손색이 없었을 것이다.

당선작으로 뽑힌 '우리 집에 놀러와'는 주제 형상화는 물론 구성과 문장에도 흠 잡을 곳이 거의 없는 수작이다. '일하는 부모'를 둔 요즘 아이들이 흔히 겪을 만한 소소한 일상을 '기승전결'의 완벽한 틀에 담아내어 만만찮은 감동을 이끌어내는 데 성공했다. 사건은 대단하달 것이 없고 등장인물도 단출하지만 이야기를 떠받치는 통찰의 무게는 결코 녹록하지 않다. 주인공 '선재'의 눈으로 자신은 물론 상대역인 '건호'의 미묘한 심리 변화까지 서두르지 않고 담담하게, 그러나 의도된 치밀함으로 개연성 있게 묘사한 데서 작가의 든든한 역량을 엿볼 수 있었다. 이번 당선이 작가에게는 더 큰 도약을 위한 출발점이 되기를 바라며, 작품 속 아이들이 보여준 아름다운 화해의 몸짓이 새해 우리 세상을 밝히는 희망의 화두가 되기를 또한 바란다.

심사위원 서정오 동화작가

무등일보

소지연

1994년 서울 출생
성균관대학교 국어국문학과 졸업
2021년 〈무등일보〉 신춘문예 동화부문 당선
blankpage_jiyeon@naver.com

가짜 일등

소지연

나, 서현호로 말할 것 같으면 '런너킹' 세계의 최강 무법자다. 무슨 수를 써서라도 기필코 일등을 거머쥐어야 하는 사람이니까!

'런너킹'은 요즘 인터넷에서 유행하는 달리기 시합 게임이다. 귀여운 캐릭터들이 모여서 동화 속 마을을 달리는데, 일등이 나오는 순간 그 판은 끝이 난다.

나는 나보다 레벨이 높은 사람을 본 적이 없다. 최고 고수가 '운동화' 레벨인데, 나는 그중에서도 제일 높은 '금색 운동화' 레벨이다. 뭐, 잘난 척하는 건 아니지만 한 마디로 '왕'이나 다름없다는 거다. 하하.

하지만 게임 밖 현실에서의 나는 겨우 '신하' 밖에 못 된다. 바로 우리 반 최고 미녀 오윤지 공주님의 신하. 이상하게 나는 윤지에게만 눈길이 가고 윤지 목소리만 들린다. 윤지 뒤꽁무니를 몰래 따라다닌 적도 한두 번이 아니다. 윤지의 부탁이라면 백 번 만 번이라도 들어줄 수 있을 정도다.

그런데 언제부터인가 윤지 옆에 눈엣가시 같은 녀석이 들러붙기 시작했다. 그 녀석의 이름은 김준수. 이름과 달리 모든 면에서 '준수'하기보단 '평범'한 아이이다. 얼굴도, 키도, 공부도 보통. 윤지가 왜 저런 아이와 친해지게 된 건지 진짜 이해가 안 간다.

나는 둘이 이야기를 나눌 때마다 속이 부글부글 끓는다. 윤지가 그 녀석한테 웃어주기라도 하면 용암처럼 화가 폭발하기도 하고.

'에잇! 저대로 뒀다간 윤지를 뺏겨 버릴지도 몰라!'

나는 윤지가 내게 홀딱 반하게 할 방법을 곰곰이 생각했다. 하지만 아무리 머리를 쥐어짜 봐도 모르겠다. 내 생각에 나는 얼굴도 멋지고, 키도 이만하면 크고, 공부도 꽤 한다. 그러니까, 준수 녀석한테 꿇릴 게 아무것도 없다는 거다. 그런데 뭘 더 어떻게 해야 하는 걸까?

그때, 갑자기 내 머릿속에 '반짝'하고 작은 전구가 켜졌다.

"런너킹!"

내가 제일 자신 있는 바로 그것! '런너킹' 게임이 생각난 거다. 그러고 보니 윤지한테 내가 게임하는 모습은 보여준 적이 없었다. 나는 성큼성큼 윤지 자리로 걸어갔다.

"오윤지, 너 '런너킹' 게임 해?"

윤지는 눈을 동그랗게 뜨고 나를 쳐다봤다.

"아아, 그거? 아이디는 있는데 어려워서 잘은 못해. 제일 낮은 '슬리퍼' 레벨이거든."

나는 마음속으로 '앗싸!'를 외쳤다.

"나 그거 초고수야. 최고 높은 '금색 운동화'. 내가 이기는 방법 가르쳐줄까?"

"진짜?"

윤지가 까만 눈동자를 초롱초롱 빛냈다. 나는 가슴이 콩닥거렸다. 그런데 갑자기, 옆에서 재수 없는 준수 녀석의 목소리가 들렸다.

"어어, 현호야! 그거 나도 가르쳐주면 안 돼? 그 게임, 나도 한 번 해보고 싶었거든."

흥, 웃기는 자식. 어딜 우리 둘 사이에 끼어들려고? 재빨리 안 된다고 말하려는데 윤지가 나보다 먼저 대답했다.

"준수 너도 '런너킹' 알아? 잘됐다! 현호야, 우리한테 가르쳐 줘!"

"어? 어어……."

나는 당황했지만 애써 침착하게 대답했다. 이래 봬도 벌써 열한 살이나 먹은 사나이인데, 쪼잔하게 보이고 싶지 않았다. 대신 내 엄청난 실력으로 준수 녀석을 제치고 일등을 차지해야지. 그럼 윤지도 내 매력에 푹 빠지게 될 거다. 준수 따위는 눈에 들어오지도 않을 만큼.

방과 후, 우리는 각자 '런너킹'에 접속했다. 오늘 달릴 곳은 '백설 공주' 마을이다. 여기에는 비밀번호가 걸려있어서 우리 셋만 들어올 수 있다.

나는 '게임 시작' 버튼을 누르기 전에 채팅 창으로 '필승 작전'

두 가지를 소개했다. 사실 준수를 골탕 먹일 나만의 '비밀 작전'이기도 했지만.

현호) 런너킹을 잘하려면 두 가지만 기억하면 돼. 아이템이랑 몸싸움.

윤지) 우와! 두 가지만 알면 된단 말이지?

신나게 호응해주는 윤지 덕분에, 키보드 위 손가락이 솜사탕처럼 가벼워졌다.

현호) 달리다 보면 길가에 아이템이 떨어져 있어. 모두 세 종류인데, 주워서 바로 써도 되고, 보관했다가 나중에 써도 돼. 우선 '날개' 아이템은 내 속도를 두 배로 올리는 거. '바나나 껍질' 아이템은 상대를 느리게 만드는 거. 마지막으로 '폭탄' 아이템은…….

나는 미리 숨겨 둔 '폭탄' 아이템을 준수 캐릭터를 향해 발사했다. '펑!' 하는 소리와 함께 준수 캐릭터가 꼬질꼬질한 폭탄 머리로 변했다. 이히히! 매일 깔끔하게 머리를 빗고 오는 준수를 생각하니, 지금 꼴이 아주 우스웠다.

현호) 이렇게 변해버리니까 무조건 피하기!

준수) 아이, 깜짝이야! 크크.

준수는 부러 아무렇지 않다는 듯 웃어넘겼다. 하지만 사실 창피해 죽겠다는 표정을 하고 있을 거다. 나는 어깨가 한껏 올라간 채로 계속 키보드를 두드렸다.

현호) 그다음은 몸싸움. 달리다가 상대방이 가까이 오잖아? 그때 재빨리 제트 키를 누르면…….

나는 준수 캐릭터 옆에서 제트 키를 다닥다닥 눌렀다. 그러자 내 캐릭터가 준수 캐릭터 어깨를 팍 밀쳤다. 준수 캐릭터는 맥없이 옆으로 나뒹굴었다. 후아! 엄청나게 통쾌했다. 게임에서만큼은 꼴 보기 싫은 준수를 마음껏 때릴 수 있으니까!

현호) 이렇게 상대방을 쳐서 방해할 수 있어. 상대보다 내가 먼저 제트 키를 누르는 게 포인트!

윤지) 오호, 이건 몰랐던 기술이네.

신기해하는 윤지와 달리, 준수는 아무 대꾸도 하지 않았다. 그저 이리저리 고개를 돌려 주변만 살필 뿐. 훗, 모르긴 몰라도 좋아하는 윤지 앞에서 자존심 꽤 구겼을 거다. 윤지도 이쯤 되면 준수가 하찮아 보이겠지? 곧 당당히 일등을 차지할 나와 더욱 비교되어 보일 게 틀림없다.

현호) 그럼 이제 진짜 게임을 시작해볼까?

준수) 아, 그런데 있잖아…….

준수가 뒤늦게 무슨 말을 하려는 것 같았다. 하지만 나는 아랑곳하지 않고 '게임 시작' 버튼을 눌렀다. 자식, 인제 와서 나랑 대결하는 게 두려워진 건가? 흥, 그래도 어림없지!

"삼, 이, 일. 준비, 출발!"

카운트다운 소리가 들렸다. 나는 재빠르게 위쪽 화살표 키를 눌렀다. 내 캐릭터가 '휘이잉' 바람을 가르는 소리를 내며 앞을 향해 달렸다. 이때 내 머릿속에 들어 있는 생각은 딱 하나였다.

'김준수를 반드시 이겨야 한다!'

일등을 차지해야 한다는 생각 말고는 아무것도 머리에 들어오지 않았다. 이윽고 모퉁이가 나왔다. 나는 재빨리 오른쪽 화살표 키를 눌렀다. 내 캐릭터는 여유롭게 오른쪽으로 방향을 틀었다. 가끔 장애물이 튀어나왔지만, 피하기는 식은 죽 먹기였다. 점프 기능이 있는 스페이스 키를 가볍게 눌러주면 되니까.

그런데, 순간 뭔가 허전한 느낌이 들어 키보드에서 손을 뗐다. 윤지와 준수 캐릭터가 보이지 않았기 때문이다. 내 캐릭터가 길 한복판에 우뚝 멈춰 섰다.

"얘네 왜 안 오지? 설마 길이라도 잃었나?"

나 혼자 너무 빨리 달렸나 싶어 조금 기다려도 봤다. 하지만 둘은 여전히 보일 기미가 없었다. 나는 마우스 커서를 채팅창으로 옮겼다.

현호) 얘들아, 너희 대체 뭐해?

그러자 윤지가 천진난만하게 대답했다.

윤지) 현호야! 준수가 아까 그랬잖아. 달리기 전에 여기 '백설 공주' 마을 좀 구경하자고. 너 채팅창 못 봤어?

나는 뿅망치로 뒤통수를 맞은 듯 머릿속이 새하얘졌다. 달리는 데만 집중하느라 잠시 채팅창 보는 걸 깜빡한 거다.

준수) 게임 속 마을이 너무 예뻐서 말이야. 달리기만 하면 이렇게 아름다운 풍경을 못 보고 지나치잖아. 더군다나 윤지가 제일 좋아하는 '백설 공주' 마을인데.

준수는 한껏 다정한 말투로 윤지에게 말을 건넸다.

준수) 윤지야, 저기 일곱 난쟁이가 쓰는 침대도 있어!

윤지) 진짜? 완전 귀엽겠다. 준수야, 얼른 같이 가보자!

가슴 속에서 화가 폭죽처럼 펑펑 터졌다. 에잇! 준수 녀석 때문에 내 완벽했던 계획이 전부 엉망이 돼버렸다. 어쩔 수 없이 다시 출발선으로 발을 옮겼다. 더 이상 둘만 가까워지게 내버려 둘 순 없었으니까. 하지만 둘은 뭐가 그리 신나는지, 계속 조잘조잘 대화를 주고받았다.

준수) 여기 백설 공주 옷도 있네? 이 빨간 머리띠, 윤지 너한테 참 잘 어울리겠다.

윤지) 어머, 정말? 준수야, 어떻게 이런 걸 찾아냈어?

몇 분 후, 나는 다시 출발선 근처로 되돌아왔다. 그런데 준수와 윤지는 이미 내 존재를 까맣게 잊어버린 듯했다.

준수) 천천히 걷다 보면 달릴 때 보지 못하는 것들이 많이 보여. 우리 다른 데도 한 번 가볼까?

윤지) 응, 그럼 이번엔 오른쪽으로 가보자.

나도 모르게 눈물이 찔끔 났다. 윤지는 내가 아니라 준수 녀석에게 이미 홀딱 빠져버린 것 같았다. 왜 둘이서만 노냐고 따져볼까 생각도 해봤다. 하지만 그냥 그만두었다. 이미 둘 사이엔 내가 끼어들 틈조차 없는 것 같아서. 나는 하릴없이 멀어져 가는 두 사람을 바라봤다.

그런데, 그동안 게임 속에 있는지도 몰랐던 것들이 눈에 들어오기 시작했다. 알록달록한 꽃과 나무, 나풀나풀 날아다니는 나비, 정답게 지저귀는 파랑새. 일곱 난쟁이의 아기자기한 통나무집과 뭉게구름 가득한 하늘도 보였다.

"와, 신기하다. 그저 시합 장소라고만 생각한 곳이었는데……."

대체 난 왜 몰랐을까? 게임 속에 이렇게 예쁜 것들이 많았다는 걸. '공주'로 불리는 윤지가 좋아할 만한 게 가득했다는 걸. 혹시 내가 미리 알아챘더라면, 지금 윤지 옆엔 준수가 아닌 내가 있었을까?

"아아, 지금 이럴 때가 아닌데!"

넋 놓고 마을을 바라보던 나는, 퍼뜩 정신을 차렸다. 눈물을 꾹 삼키고 키보드 위 손가락에 힘을 주었다.

"이왕 이렇게 된 거 어쩔 수 없지!"

출발선을 등지고 보관해 두었던 '날개' 아이템을 눌렀다. 내 캐릭터가 바람 같은 속도로 앞을 향해 달렸다. 그러자 마을의 풍경이 안개처럼 뭉개지며 빠르게 내 옆을 스쳐 갔다. 꽃과 나무, 나비와 파랑새도 전부 사라져버렸다.

왜 두 사람에게서 다시 멀어져 버렸냐고? 이제 둘 사이를 떨어뜨릴 방법은 이것밖에 없었으니까. 바로 일등을 해서 이번 판을 완전히 끝내 버리는 것. 그러면 윤지와 준수, 둘만의 데이트도 끝나 버릴 거다.

이윽고 나는 순식간에 결승선을 넘었다. 화면에는 경쾌한 나팔 소리와 함께 이런 문구가 떠올랐다.

'일등을 축하합니다!'

평소라면 좋아서 방방 뛰었을 텐데, 이번만은 그러지 못했다. 게다가 준수는 삼등. 그러니까 '꼴등' 자리에 이름이 올랐다. 맞다. 우리 셋의 등수만큼은 내가 계획한 것과 똑같았다.

하지만…… 나는 너무도 잘 알고 있었다. 결국 난 이 게임의 '진짜' 일등이 아니라는 것을. 그리고 때론, 꼴등이 일등보다 훨씬 더 많은 걸 보고 듣고, 훨씬 더 중요한 걸 가져갈 수 있다는 것을.

준수가 이런 내 마음을 알아챈 걸까? 채팅창으로 다시 내게 말을 걸었다.

준수) 현호야! 다음 판에는 너도 같이 구경할 거지?

그래! 나 서현호는 여기서 좌절하지 않을 거다. 언젠가 우리 반 최고 미녀, 오윤지 공주님의 마음을 사로잡고 말 거다. 무늬만 일등인 '가짜' 일등이 아니라, 내게 가장 소중한 것, 그러니까 '오윤지의 사랑'을 차지하는 '진짜' 일등이 되겠다는 말이다. 뭐……. 그러기 위해선 준수 녀석한테 미리 한 수 배워둬야 하겠지만.

나는 다시 어깨를 쭉 펴곤, 씩씩하게 키보드 자판을 두드렸다.

현호) 당연하지! 이번엔 나도 같이 가자.

내가 글 속으로 들어가 주인공이 된다면?

당선소감 소지연

열한 살의 여름을 기억합니다. 무더위를 잊을 만큼 책에 빠져 살았습니다. 책 속에서 정글로, 바다로 모험을 했고 새빨간 머리카락을 가진 친구를 사귀기도 했습니다. 그렇게 한참을 웃고 울고, 신나는 상상을 하다가 다짐했습니다. 언젠가 나도 이렇게 재밌는 이야길 써야지 하고요.

고맙게도 열한 살 그 아이의 마음은 시간이 지나도 사라지지 않았습니다. 수십 번의 시험과 네 번의 졸업, 두 번의 이직을 겪고 나서도 반짝반짝 빛을 내고 있었습니다.

동화를 쓰기 시작한 후로 참 행복했습니다. 동트는 새벽까지 밤을 새우기도, 밥 먹는 걸 까먹기도 할 정도로 즐거웠습니다. 물론 한 글자도 쓰지 못하겠다고 느낀 순간도 있었습니다. 하지만 그때마다 열한 살 그 아이가 찾아와 용기를 주었습니다.

당선 소식을 듣고 믿기지 않을 만큼 행복했지만, 한편으론 아직 부족한 점이 많아 두려움과 걱정이 앞섭니다. 그러나 아이들 마음에 진한 여운을 남길 이야기꽃을 피우기 위해 최선을 다해 배우고 성장하겠습니다. 어떤 어려움이 있더라도 열한 살 그 아이의 마음을 잊지 않겠습니다.

꽃의 씨앗을 발견해 주신 김재원, 정해왕 선생님, 함께 흙을 날라준 글벗들 감사합니다. 그리고 따스한 햇볕처럼 절 보듬어 주는 부모님과 여동생 사랑합니다. 언제나 옆에서 함께 비를 맞아주는 준 늘 고맙습니다. 마지막으로 미숙한 글을 뽑아주신 임지형 작가님께도 감사드립니다. 격려의 뜻으로 삼고 한 글자 한 글자 진심을 담을 줄 아는 작가가 되겠습니다.

주변 풍경 돌아보는 이야기 공감

언택트라는 신조어가 느닷없이 우리 삶을 지배했지만 그 누구도 저항할 수가 없었던 한 해였다. 그러는 중에도 살아야 했고 살아있으므로 매년 거행하는 신춘문예 심사에 임했다. 그리고 약간 글 쓰는 사람으로서는 일말의 기대를 품었다.

전 세계를 휩쓴 코로나19로 삶의 양태가 극명하게 바뀌었고 아이들 삶의 풍속도도 바뀌었으니 그와 관련된 동화가 많이 나오지 않을까? 하고 말이다. 아니, 오히려 쏠림현상이 나올까 약간 우려한 바도 있었다.

하지만 그 기대는 여지없이 깨졌다. 101편이 되는 작품 속에서 삼분의 2가 우화였다. 보통 우화는 동식물이나 기타 사물을 주인공으로 등장시켜 그들의 행동 속에 풍자와 교훈을 나타내는 것이다. 그 말은 풍자하거나 교훈을 드러낼 주제가 확실히 드러나야 좋은 글일 수 있기에 자칫 방심하면 재미도 의미도 없이 흘려보낼 수 있다는 거다. 실제 보내져 온 작품들은 거의 그랬다.

나머지 작품 또한 실망하기는 마찬가지였다. 할머니의 치매, 아빠의 부재, 엄마의 가출 등으로 생긴 이야기인데, 이건 십 년 전부터 다룬 질리고 질린 소재들이다. 아까도 말했다시피 세기의 획을 그을 정도로 세상이 바뀌었는데 여전히 골동품 같은 소재만 다루고 있다? 이건 작가로 살고 싶어 하는 사람들의 안이한 태도라고 밖에 보이지 않는다. 그리고 역사적인 것과 골동품 같은 고리타분한 건 구분 지었으면 한다.

그러한 이유로 본심에서 다룬 작품은 세 편이다. '침대늘보 일냈다' '비밀놀이평가단', '가짜일등' 등이다.

우선 '침대늘보 일냈다'는 침대와 일체형으로 사는 늘보 같은 아빠가 휴직을 하면서 좌충우돌 주인공 아이와 부딪히는 이야기를 다뤘다. 늘 직장 일로 아이들과 온전한 일상을 보내지 못한 아빠의 반성문 같은 이야기인데 초점이 지나치게 아빠에게 맞춰져 있어 먼저 제외시켰다.

'비밀놀이평가단'은 제목도 그렇고 이야기 시작도 아이다운 시선이 깔려 있어서 관심을 끌었다. 하지만 뒤로 갈수록 작품이 하고자 하는 메시지가 보이지 않았고, 자칫 잘 못 보면 주인공이 마음을 심하게 앓고 있는 아이로 비쳐질 우려도 보였다.

'가짜일등'은 좋아하는 여자 친구의 마음을 얻기 위해 게임 속에서 경쟁 상대의 친구를 코를 납작하게 만들려다 이겼지만 실패한 이야기다. 이기겠다는 맹목적인 마음만 앞서 진짜 좋아하는 아이와 어떻게 놀아야 제대로 노는지를 자연스럽게 깨달아가는 이야기다. 다만 게임을 하면서 주변 풍경을 돌아보는 이야기는 어른의 시각이 담겨 있는 듯 작위적이었지만 전체 이야기를 해칠 정도가 아니라 당선작으로 뽑았다.

어떤 심사평을 보니 '함께, 더 공부하자!'란 말이 있었다. 끝으로 이 말을 하고 싶다. 이젠 정말 더 공부해야 한다. 안이하게 십 년 전에나 다룰 법한 소재를 가지고 아이들이 재밌게 볼 거라고 생각하면 오산이다. 시대가 이젠 돌이킬 수 없을 정도로 바뀌었기에 시대상을 다루지 않더라도 그에 상응하는 이야기를 다룰 때 독자의 시선을 사로잡을 것이라 믿는다.

당선자에겐 축하를 이번 기회를 놓친 분들에겐 건투를 빈다.

심사위원 임지형 동화작가

문화일보

정승진

1971년 서울 출생
아동청소년극작가
희곡 작품 〈깨비가 잃어버린 도깨비방망이〉, 〈거인 이야기〉,
〈내 소원은〉, 〈잡히기만 해봐라〉
2021 한국극작가협회 신춘문예 아동청소년극 부문 당선
〈고래바위에서 기다려〉
2021 〈문화일보〉 신춘문예 동화부문 당선 〈손톱〉
picturetheater@gmail.com

손톱

정승진

일요일 아침이면 항상 아빠와 목욕탕에 간다. 목욕탕 가는 일은 언제나 즐겁다. 이빨이 덜덜 떨리는 냉탕에서의 수영, 시커먼 국수 가락 같은 때가 끝도 없이 나오는 아빠 등 밀기, 고무대야를 거꾸로 엎어서 매달리는 튜브 놀이, 끝나고 나면 머리가 핑 도는 한증막 오래 버티기까지 재미있는 놀이가 한가득하다. 어쩌다 동네 친구라도 만나면 손이 퉁퉁 불어 쪼글쪼글해질 때까지 놀다가 집에 가곤 한다.

마지막을 장식하는 절대 빼먹을 수 없는 행사는 목욕 끝나고 마시는 바나나우유 마시기다. 다들 그럴 것이다. 온몸으로 퍼지는 바나나우유의 호랑이 기운. 평상에 앉아 TV를 보면서 마시면 더 맛있는 바나나우유. 이상하게 집에서 마시면 그 맛이 안 난다.

아빠가 목욕 끝내고 치킨집에 들러서 맥주 한잔 시켜 마실 때도 똑같은 말씀을 하셨다.

"캬, 맥주 맛 좋다. 집에서 마시면 이 맛이 안 난단 말이야."

"나도 그래. 바나나 우유는 목욕탕에서 먹는 게 제일 맛있더라."

아빠가 맥주를 쭈욱 들이키며 말씀하셨다.

"어떤 음식이든 시간, 장소, 상황이 중요한 법이지. 여기 맥주 한 잔 더요!"

아빠가 집에 들어가 엄마한테 혼나는 걸 보고 나는 바로 이해했다. 일요일 오후는 맥주 마시기에 적당한 시간이 아니었다는 걸.

오늘도 나는 평상에 앉아 바나나우유를 마시면서 이발사 아저씨와 함께 TV를 보고 있었다. 엄마가 공부하라고 TV를 없애버린 후로 TV를 볼 수 있는 곳은 할머니 집에 갔을 때 아니면 목욕탕뿐이다. 할머니 집에 가면 리모컨도 차지할 수 있지만, 할머니 집은 너무 멀어 자주 갈 수 없다. 오늘은 운 좋게도 리모컨도 내 손에 들어왔다.

핏줄이 보일 정도로 하얀 얼굴을 한 내 또래 아이 하나가 조용히 옆에 와서 앉았다. 주위를 두리번거리더니 평상에 놓인 손톱깎이를 집어 들었다. 벌써 혼자 손톱을 깎는단 말이야? 하고 힐끔 쳐다보는데, 손톱을 빼내려는 듯 손톱깎이를 탁탁 쳤다. 손톱이 나오지 않자 실망하는 표정을 지었다. 순간, 나랑 눈이 딱 마주쳤다.

아이는 당황한 듯 고개를 돌려 주변을 쳐다보았다. 그리고 내 쪽으로 다가와 앉았다. 아이는 TV를 보는 척하며 내게 말을 건넸다.

"혼자 왔니?"

"아니, 아빠랑. 아빠는 좀 더 있다가 나온대."

그렇구나, 하고 혼자 조용히 중얼거리더니 뭔가 할 말이 있는 것처럼 입술을 달싹거렸다.

"뭐 할 말 있어?"

아이는 주변을 한 번 살피고는 조용히 말하기 시작했다.

"도플갱어란 말을 들어본 적 있니? 이 세상 어딘가에 나랑 똑같은 사람이 살고 있대. 그 사람과 마주치면 심장이 멎어 죽고 만다지. 하지만 걱정할 것 없어. 도플갱어는 없으니까. 죽는 일은 일어나지 않아. 그건 바로 우리 쥐인간들이야."

아이 손이 내가 들고 있는 바나나우유 쪽으로 다가왔다. 나는 본능적으로 볼에 힘을 줘 빨대를 쪽 빨았다. 카르륵 소리가 나며 우유가 바닥을 드러냈다. 천천히 마시고 싶었는데.

"그러니까, 네가 쥐인간이란 말이야?"

아이는 입맛을 다시고는 손을 거둬들이더니 대답했다.

"우리는 너희 인간들 손톱을 먹고 생겨났어. 원래 같으면 절대로 먹지 않았을 거야. 손톱은 딱딱한데다 끝이 날카로워서 입안을 찔리기도 하고, 별로 맛도 없거든. 처음에 누가 제일 먼저 손톱을 먹었는지는 모르지만, 우리 조상 중 누군가가 손톱을 먹으면 손톱 주인과 똑같은 모습으로 변신한다는 걸 깨달았어. 그 후 우리 쥐인간들이 생겨났지. 우리는 숫자가 아주 많지는 않아. 우리의 왕성한 번식력을 고려하면 놀라운 일이지. 너 손톱이 참 길구나."

"손톱을 먹으면 인간으로 변신한다고?"

나는 하얗게 자라난 손톱을 보며 다시 물었다.

"모든 쥐들이 변신을 원하지도 않아. 쥐로 사는 것이 행복한 쥐들이 왜 없겠어? 왜 하필 인간이 되느냐고 우릴 비웃는 쥐들도 있지. 하지만 우리의 왕성한 호기심과 나아지고 싶다는 열망이 우리를 쥐인간으로 이끌었지. 하지만 그 삶은 결코 만만치 않았어. 남은 우유 좀 마셔도 될까?"

나는 점점 아이가 하는 말에 빠져들어 나도 모르게 우유갑을 내밀었다. 아이는 빨대를 빼고 뚜껑을 열더니 거꾸로 들고 우유갑을 탈탈 털었다. 우유 몇 방울이 아이 입속으로 들어갔다. 분홍색 긴 혀가 입술을 핥았다.

"나는 십 년 전 이맘때쯤 처음 쥐인간이 됐어. 아직도 그때가 어제 일처럼 기억나. 서울 변두리에 있는 이층집 지하 하수구 배수관에서 태어났어. 주방 싱크대를 타고 흘러내려 온 밥풀 같은 걸 주워 먹고 살았지. 하수구에는 터줏대감인 대왕 쥐가 살고 있었는데 우리는 대왕 쥐에게 먹을 걸 구해다 바쳐야 했어. 가뜩이나 먹을 게 부족한데 어쩌다 흘러내려 온 고깃 조각 같은 건 대왕 쥐 뱃속으로 다 들어가니 사는 게 어떻겠어. 내가 날이 갈수록 말라가는 것을 본 엄마는 결심했어. 하수구를 떠나기로.

엄마와 나는 빗물 배관을 타고 위로 올라갔어. 도착한 곳은 2층 주택의 지붕이었어. 우리는 지붕과 연결된 옥상에 있는 비어있는 개집에서 새로운 삶을 시작했어. 개 냄새가 좀 나는 걸 빼고는 아주 쾌적했어. 밤에는 희미하지만, 별도 볼 수 있고 말이야. 낮에는 지붕 안쪽으로 피해있다가 밤이 되면 길에 나가 쓰레기봉투를 뒤지거나 인간들이 떨어뜨린 음식을 주워 먹었지. 나는 무럭무럭 자랐고, 엄마와 나는 무척 행복했어. 고양이를 만나기 전까지는."

쥐인간은 금세 눈물이 고였다. 그렇지만 얘기를 멈추지는 않았다. 빗물이 가득 찬 계곡물처럼 이야기가 넘쳐흘렀다.

"그날도 수확물들을 하나씩 물고 집으로 돌아왔지. 달이 무척 밝은 밤이었는데 개집 지붕 위에 까만 고양이 한 마리가 앉아 있었어. 엄마는 용감했어. 도망치는 대신 고양이에게 덤벼들었지. 도망칠 줄 알았던 엄마가 달려들어 앞발을 깨물자 고양이는 날카로운 비명을 질렀어. 고양이는 엄마의 목을 사정없이 깨물었어. 엄마가 축 늘어지자 고양이는 내게 다가왔어. 나는 정신없이 지붕 위로 도망쳤어. 혹시 잔돈 좀 있니? 음료수 하나만 마실 수 있을까?"

나는 팬티 하나만 입고 있었다. 고개를 저으려는데 아빠가 탕에서 나왔다.

"친구니?"

"아빠, 음료수 하나만 사주면 안 돼요?"

"그래, 달아놔. 아빠는 이발 좀 하고 올게."

아빠가 이발소 안으로 들어가고, 우리는 바나나우유와 구운 계란을 집어 들었다. 쥐인간은 구운 계란을 한입에 욱여넣으며 말을 이었다.

"지붕에서 주택 천장으로 들어갈 수 있는, 고양이는 들어올 수 없는 아주 작은 틈이었어. 벽돌과 콘크리트, 철근과 나무로 만들어진 미로 같은 곳을 지나 도착한 곳은 2층 주택의 천장이었어. 안전한 곳에 도착해서야 나는 엄마를 잃은 슬픔에 펑펑 울고 말았지.

언제까지나 울 수는 없었어. 엄마가 고양이에게 덤벼든 건 나 때문이었거든. 나를 지키기 위해 엄마가 자기 목숨을 던졌는데 내가 울고만 있어야 되겠어? 나는 강해지기로 했어. 엄마 몫까지 두 배로 행복하게 살아가기로 했지.

이층집 천장은 엄마가 없다는 것만 빼면 천국 같았어. 제일 좋은 건 젖지 않는다는 거야. 대왕 쥐도 없고, 고양이도 없는 나만의 천국. 2층에 내려가면 먹을 것도 얼마든지 구할 수 있었지. 인간들만 조심하면 말이야."

"사람들 음식을 훔쳐 먹었단 말이야?"

나는 어쩐지 속이 메슥거리는 것 같았다. 우리 집 천장에서 나던 달그락 소리가 떠올랐다.

"인간들은 뭐든 버려. 멀쩡한 것들을 다 버리지. 쓰레기에도 소유권을 주장할 셈이야? 돈을 내고 버리면서? 계란 하나 더 먹어도 될까?"

쥐인간은 두 번째 계란에 손을 대며 말했다.

"처음에는 조심스럽게 음식물쓰레기통이나 바닥에 떨어진 부스러기를 주워 먹었지. 그러던 어느 날 식탁에 놓인 먹다 남은 치킨을 발견했어. 입도 대지 않은 멀쩡한 다리 하나가 치킨 상자 안에 고스란히 놓여 있었어. 나도 모르게 그 치킨을 집어 들고 천장으로 올라갔지. 천국의 맛이었어. 뼈까지 남김없이 갉아 먹고 나서 처음으로 아침까지 꿀잠을 잤어. 혹시나 하고 귀를 기울였지만, 인간들은 내가 먹었다는 것조차 몰랐어. 나는 점점 대담해졌지.

먹을 수 있다면 밥통 안의 밥도 퍼먹었을 거야. 하지만 내가 손댈 수 있는 건 집주인이 치우기 귀찮아 식탁 위에 올려놓은 음식들이나 뒷 베란다에 내놓은 감자, 양파 같은 것들이었어. 먹을 게 없는 날은 날감자, 식구들이 고기라도 구워 먹은 날은 횡재하는 날이었지.

꼬리가 길면 밟힌다고 하잖아. 내 꼬리가 좀 길었던 모양이야. 어느 날 밤, 삼겹살 조각을 맛보고 있는데 화장실 가려고 나온 집주인과 눈이 딱 마주쳤어. 나는 놀라 얼어붙고 말았지. 그렇지만 집주인이 더 놀란 모양이야. 그 자리에서 기절을 하지 뭐야. 나는 정신을 차리고 내 보금자리인 천장으로 도망쳤지."

"그래서 집을 나온 거야?"

나는 하나 남은 계란을 집어야 하나 고민하며 물었다.

"집주인은 그 뒤로 음식을 놔두지 않았어. 부스러기조차 밖에 내놓지 않았지. 그 대신 맛있는 냄새가 나는 수상한 판이 바닥에 놓여 있었어. 못 보던 물건이었어. 개 사료 같은 게 뿌려져 있는데 그 주변에 투명한 액체가 발라져 있었어. 발을 디뎌도 되나 망설이는데, 파리 한 마리가 날아와 앉았어. 그런데 이상했어. 그 파리가 다시 날지 못하는 거야. 그래, 끈끈이였어. 너도 본 적 있을 거야. 왜 안 먹어? 아저씨, 여기 구운 계란 이천원어치만 더 주세요."

쥐인간은 하나 남은 계란을 집어 들며 말을 이었다.

"나는 필사적으로 먹을 걸 찾아 헤맸어. 꼬박 일주일을 굶었거든. 그러다 그 집 아이 방까지 들어가게 됐어. 그것도 한낮에 말이야. 아이가 버린 아이스크림 막대기를 핥아먹으려다가 쓰레기통을 엎고 말았어. 쓰레기가 바닥에 흩어졌고, 그 안에서 반짝이는 반달 모양의 손톱들을 발견했지. 처음엔 뭔지 잘 몰랐어. 큼큼한 냄새가 나는 게 먹을 수 있을 것 같았어. 딱딱했지만 씹어보니 짭짤하면서도 고소한 맛이 났어. 나는 흩어진 손톱들을 모조리 먹어치웠지. 그때 갑자기 방문이 열리며 아이가 들어왔어. 당황해서 재빨리 도망친다는 게 옷장 안으로 들어갔지. 한참을 폭신한 옷장 속에 숨어 있다가 그만 잠이 들고 말았어."

매점 아저씨가 구운 계란을 가져다주고는 빈 그릇을 치워갔다. 다시 계란이 세 알이 됐다.

"눈을 떠보니 한낮이었어. 아, 잘 잤다 하고 말하는데 내 목소리가 이상했어. 옷장 안이 이상하게 좁게 느껴졌어. 나는 문을 열고 밖으로 나왔어. 그래, 문을 열고 나왔어. 나는 침대 앞에 두 발로 서 있었고, 바닥에서 침대를 올려다보는 게 아니라 내려다보고 있었어. 뒤돌아서자 옷장에 붙어있는 거울 속에 내가 비쳐 보였어. 나는 사람으로 변해있었어. 손톱의 주인, 이 집 아들. 열 살 민수."

쥐인간은 네 번째 계란을 까기 시작했다.

"충격에서 벗어난 나는 조심스럽게 방문을 열었어. 집에는 아무도 없었어. 나는 냉장고를 열어 먹고 싶은 걸 마음껏 꺼내먹었지. 인간의 몸으로는 할 수 있는 일이 참 많더라고. 그렇게 일주일을 굶은 허기를 채우는데 갑자기 문이 열리고, 민수가 들어왔어. 세 공기째 밥을 푸고 있는 그 순간에 말이야.

민수는 그 자리에 그대로 쓰러졌어. 나는 곧바로 도망칠 수도 있었지만, 왠지 민수가 걱정됐어. 그래서 모험을 걸어보기로 했지. 수건에 물을 적셔 민수의 얼굴을 닦아주고, 부채질을 해줬어. 잠시 후 민수가 깨어났어. 민수는 다시 비명을 질렀지만 기절하지는 않았지. 나는 조용해진 민수에게 모든 얘기를 해 줬어. 얘기를 다 듣고 나서 민수는 한 가지 제안을 했어."

"그 제안이 뭔데?"

"대신 학교에 가 달라는 거야. 민수는 학교에 가는 걸 힘들어했어. 괴롭힘을 당하고 있었거든. 나는 평생 혼자였기에 괴롭힐 친구라도 없는 것보다는 낫다는 생각이었고 무엇보다 인간 세상이 궁금했어. 그때부터 나는 민수 옷장에서 살면서 민수 대신 학교에 가기 시작했지."

쥐인간이 꺼억 하고 트림을 했다. 썩은 계란 냄새가 확 끼쳐왔다. 쥐인간이 가슴을 탕탕 치더니 빨대를 쪽쪽 빨았지만 벌써 다 마신 뒤였다. 쥐인간 얼굴이 벌게졌다. 나는 얼른 정수기로 가 물을 떠다 주고는 등을 두드려주었다. 쥐인간은 물을 마시고 캑캑 기침을 하더니 괜찮다고 손을 들어 보였다.

"아, 죽을 뻔했네. 그 많은 위기를 극복한 내가 이런 일로 죽을 순 없지. 어디까지 얘기했지?"

"민수 대신 학교 갔다고. 그럼 그 시간에 민수는 뭘 했는데?"

"좋은 질문이야. 민수는 아주 좋아하던데. 내가 올 때까지 하루 종일 게임을 하다가 학교에서 있었던 얘기 듣고, 같이 게임도 하고, 내가 학교에서 실수할까 봐 공부도 가르쳐주고 그랬어. 그러다 부모님 오시면 나는 다시 옷장에 숨었지.

나는 열심히 배웠어. 학교는 참 좋은 곳이었어. 인간 생활에 필요한 모든 것을 알려주더구나. 점심때는 밥도 줬어. 먹고 싶은 만큼 얼마든지 먹을 수 있었어."

"괴롭히는 애가 있다고 하지 않았어?"

"그러니까 말이야. 한 번 생각을 해봐. 어차피 걔나 나나 똑같은 인간이잖아. 물론 나는 진짜 인간은 아니지만. 어쨌든 상대는 된다고. 체급이 같단 말이지. 우리 엄마는 고양이에게 맞서 싸운 쥐야. 난 그 자식이고. 그런 내가 열 살짜리 어린애한테 질 것 같아? 우린 학교 끝나고 집에 가는 길에 마주쳤어. 피시방 가게 만원만 기부해달라고 하더라. 그때는 기부가 무슨 뜻인지도 몰랐어. 만원? 만원도 뭔지 몰랐지.

아무튼, 싫다고 하니까 내 멱살을 잡지 뭐야. 그 녀석을 보기 좋게 놀이터 바닥에 메다꽂아버렸지. 그리고 말해줬어. 너 같은 건 하나도 안 무서워. 나는 한 번 죽었던 몸이야. 그러니까 그 녀석이 으앙 하고 눈물을 터뜨리더라."

"그 뒤로는 안 괴롭혔어?"

"그걸 누가 본 모양이야. 학교에 소문이 다 났더라고. 그래서 난 꽤 오랫동안 즐겁게 학교에 다녔어. 그 일이 있기 전까지는."

쥐인간은 좀 내려간 것 같다며 다섯 번째 계란을 까기 시작했다.

"난 그 아이가 하기 싫은 일이라면 뭐든 대신했어. 학교 가기는 말할 것도 없고 엄마 심부름, 피아노학원, 태권도, 도서관에서 책 빌려오기 등등. 재미있는 건 그 아이가 다 했지. 소풍, 컴퓨터게임, 가족여행, 야구장 가기 같은 것 말이야. 그때는 그게 뭔지도 몰랐기 때문에 하자는 대로 다 했어.

그러던 어느 날이었어. 게임을 하던 그 아이가 짜파구리가 먹고 싶다는 거야. 당연히 심부름은 내 몫이었지. 엄마 카드를 들고 나가 라면을 사가지고 집에 들어왔는데 부엌에 그 아이랑 엄마가 함께 있었어."

"엄마가 어떻게 눈치챘지?"

"엄마들은 안 보는 척하지만, 모르는 게 없어. 옷이 한두 벌 없어지고, 평소보다 먹는 양이 두 배는 늘어났는데 자꾸 방안으로 가지고 들어가는 게 수상했대. 집에 몰래 친구를 불러서 노는 줄 알고 벼르고 있었던 거야. 마침 집 근처에 있는데 카드 결제문자가 오니까 옳다구나 하고 얼른 들어온 거지."

나는 집에 들어갔는데 엄마가 두 명이면 어떤 기분일까 하고 상상해보았다. 안될 말이다. 엄마는 한 명이면 충분하다.

"자세한 설명을 들은 엄마는 나를 쫓아내려고 했어. 하지만 우리 둘 중 누가 자기 아들이고 누가 쥐인간인지 몰랐지. 생각해봐. 무슨 수로 그걸 구별하겠어?"

쥐인간이 깔깔대며 말했다.

"처음엔 그냥 조용히 나가려고 했어. 그런데 민수가 나한테 그

개고생을 시켜놓고 피해자인 척하지 뭐야. 하기 싫은 일은 다 나를 시켜놓고 엄마한테 들키니까 바로 배신해? 그렇다면 나도 곱게는 못 물러나지."

어떻게 구분할까? 유전자 검사를 하나? 숨겨진 신체 비밀이라도 있을까? 엄마들은 자식 일이라면 모르는 게 없다던데 그런 거였을까?

"난리도 아니었어. 내가 엄마, 제가 민수에요! 하면 민수는 아니에요, 제가 민수에요! 내가 민수야, 아니야 내가 민수야 하면서 서로 머리를 쥐어뜯고 싸웠지. 엄마가 우리 민수는 엉덩이에 점이 있는데 하면 민수가 엉덩이를 까 보이면서 여기! 여기요! 했어. 그럼 나도 엉덩이를 까보였지. 나한테도 그 점이 없을 리가 없잖아.

민수가 아는 것 중에서 내가 모르는 건 없었어. 하지만 내가 아는 것 중에서 민수가 모르는 건 많았단 말이야. 민수는 학교도 안 가고, 심부름도 안 갔지. 태권도, 피아노학원도 안 갔으니까.

내가 말했어. 엄마, 수학 문제 내보세요. 피아노 시켜보세요. 쥐인간은 그런 거 모를걸요?"

쥐인간이 학교도 대신 다녔다고 하지 않았나? 역시 쥐가 머리가 좋다더니 대단하구나 하고 생각했다. 쥐인간은 말을 이어갔다.

"엄마는 우리 둘에게 세 가지 시험을 시켰어. 수학시험, 피아노 치기, 태권도 시범 보이기. 나는 자신 있었지. 인간이 되기 위해 열심히 했으니까. 민수는 모든 걸 나한테 맡겨두고 놀기만 했으니 제대로 할 리가 있나. 당연히 내 승리지.

엄마는 시험을 끝낸 뒤에 말했어. '시험을 보니 확실히 알겠구나. 누가 내 아들인지. 내 아들은 너다.' 하며 엄마가 가리킨 건 민수였어. 내가 아니라.

'안타깝지만 우리 아들이 그렇게 열심히 할리가 없거든.' 하더니 날 쳐다보더라. 어느새 엄마 손에는 몽둥이가 들려있었어.

게으름이 민수를 구원한 셈이지. 나는 걸음아 날 살려라 하고 도망쳤어. 그리고 이렇게 거리에서 살아가게 된 거야. 배고플 땐 고양이 밥도 나눠 먹고, 손톱을 구하게 되면 인간으로 잠시 살아가다가, 다시 거리를 헤매다가 이 목욕탕을 발견했어. 목욕탕에서는 사람들이 손톱을 깎더라. 여기구나 생각했지."

게으름이 구원이라는 말은 처음 들어봤다. 쥐인간은 그 몽둥이가 자길 향한 거라고 생각했겠지만 아닐 수도 있다. 민수는 아마 쥐인간과 함께한 몇 달의 즐거움을 후회하고도 남을 만큼의 숙제를 하고 있을 것이다. 엄마도 더 이상은 봐주지 않을 테니까.

"내 말 듣고 있어? 그럼 손톱 좀 나눠줄래? 힘든 일은 내가 다 해줄게. 넌 즐거운 일, 재밌는 일만 하면 돼."

나는 어떻게 대답해야 할지 몰라 아이, 아니 쥐인간을 빤히 바라보았다. 손톱을 혼자 어떻게 깎아야 할지도 모르겠고, 쥐인간이 내 손톱을 먹으면 나랑 똑같이 변한다는데 그래도 괜찮을지 잘 모르겠어서다.

"민수 집 나와서 안 해본 일이 없어. 그렇지만 인간으로 변한다 해도 신분증이 없으니 진짜 인간들처럼 살 수는 없었어. 난 그저 조금 더 나은 삶을 원했을 뿐인데, 그게 그렇게 해서는 안 되는 일이니?"

쥐인간 얼굴이 조금 변한 것 같았다. 입이 앞으로 조금 튀어나오고, 코 옆으로 수염이 몇 가닥 삐져나왔다. 손이 거무튀튀한 회갈색으로 변하더니 손톱이 길어졌다. 쥐인간이 바짝 마른 손을 내밀었다.

"제발, 손톱 좀 나눠줘. 시간이 다 됐어."

나는 흠칫 뒤로 물러섰다.

"찍찍."

옷 한 벌이 바닥에 떨어지고, 작은 쥐 한 마리가 옷을 뒤집어쓴 채 눈앞에 나타났다.

"쥐다!"

이발사 아저씨가 평상위로 펄쩍 뛰어올랐다.

"어디?"

빨간 팬티만 입은 세신사 아저씨가 빗자루를 들고 뛰어왔다. 카운터에서 졸던 매점 아저씨가 슬리퍼를 던졌다. 슬리퍼는 세신사 아저씨 얼굴에 맞았고, 그 바람에 세신사 아저씨가 휘두른 빗자루는 허공을 갈랐다.

쥐인간, 아니 쥐가 쏜살같이 달려가 옷장 틈으로 사라지더니 천장에서 달그락 소리가 났다. 매점 아저씨가 대걸레 자루로 천장을 쿵쿵 쳤다. 달그락 소리가 멈췄다. 아저씨들은 아무 일도 없었다는 듯 자리로 돌아갔다.

일주일이 지나고 다시 일요일이 되었다. 나는 처음으로 혼자 손톱을 깎았다. 새끼손톱을 너무 바짝 깎아서 손가락 끝이 빨개졌지만, 처음치고는 성공적이었다. 나는 손톱을 모아서 쥐인간이 사라진 옷장 틈에 던져넣었다. 힘들게 살아가는 쥐인간에게 잠시나마 도움이 되길 바라면서.

글을 읽고 내 생각을 적어보아요.

당선소감 정승진

2015년 봄으로 기억합니다. 아내가 수락산 둘레길에서 본 바위 사진을 하나 보여주며 말했습니다.

"이 바위, 거인 손자국 같지 않아?"

번쩍 이야기 하나가 떠올랐습니다. 저는 신이 나서 들려주었고, 아내는 글로 써보라고 했습니다. 그 이야기는 〈거인 이야기〉라는 제목의 연극이 되었습니다.

저는 아내 덕에 글을 쓰기 시작했고, 절망의 터널을 빠져나올 수 있었습니다. 그것만으로도 감사한 일인데 아내는 저를 또 놀라게 했습니다. 작년 초, 새해 계획을 세울 때 이야기입니다.

"앞으로 우리 둘이 각자 하고 싶은 일 하면서 살자. 평생 일해야 하는 시대이니 노후 걱정은 접어두고 한 해 한 해, 하고 싶은 일에 집중하면서 살아가자. 그렇게 사는 게 행복하지 않을까? 더 이상 남을 위해 일하고 싶지 않아."

전생에 나라를 구한 기억이 없는데 어찌된 일인가요.

그렇게 한 해를 저는 작가로, 아내는 공연기획자로 살아가기 시작했습니다. 쉽지만은 않았지만 어찌어찌 살아냈습니다.

살아남은 것도 기쁨인데 두 번째 해를 맞는 첫 날을 신춘문예 당선이라는 축복으로 시작하게 되었네요.

누구보다 기뻐하셨을 하늘나라에 계신 아버지, 날로 예뻐지시는 어머니, 묵묵히 지지해주시는 장인장모님, 저를 글 쓰는 사람으로 만들어준 사랑하는 아내, 동심의 원천인 세상에 단 하나

뿐인 이준이, 네 글이 최고라며 자존감을 가득 채워주는 누나들, 동심의 길로 이끌어주신 동화세상 선배 작가님들, 33기 동기들 사랑합니다. 걸어가는 길마다 손잡아주신 모든 분들께 감사드립니다.

첫 마음 잊지 않고 노력하겠습니다.

아이들이 행복한 세상을 위해.

어린이 독자의 마음으로 향하는…
'한국적 호러 판타지' 탄생

동화의 주인공은 어린이 독자다. 투고작 중 일부가 그런 것처럼 해당 이야기의 주인공은 어린이가 아닐 수 있지만, 동화라는 문학의 주인공은 어린이 독자다. 배경이 어떻든 양식이 어떻든 주제가 어떻든, 동화는 어린이 독자를 위해 쓰는 글이다. 그것을 잊는다면 혹은 그다지 중요하지 않다면, 동화라고 말하기 어렵다. 본심에서 논의한 작품들은 서사적 완성도와 함께 어린이 독자의 마음으로 향하고 있다는 점에서 좋은 동화로 꼽을 수 있었다.

'자동차 인어'는 2020년의 단절이 지속되고 있는 미래의 학교를 배경으로 하고 있다. 친구와 손 한번 마주 잡기 어려운 지금 어린이들의 처지와 마음을 잘 포착해냈다. 하지만 그에 대한 과학소설(SF) 상상력이 빈약했다. 새로운 통찰도, 다른 세계를 체험하는 SF적 즐거움도 찾아보기 어려웠다.

'사과는 맛있다'는 글쓴이의 어린 시절 고향 마을 혹은 '시골'이라는 막연한 이미지에 기대 쓴 농촌 이야기가 많은 와중에 단연 눈길을 끄는 작품이었다. 사과농사 초보라는 주인공 가족의 모습부터 경매장 풍경까지, 현실감 넘치는 배경이 감탄을 자아냈다. 하지만 정작 서사가 앙상했다. 교훈성만 두드러진다는 점도 아쉬웠다.

'마트 햄스터와 단비'는 쉽게 내려놓을 수 없는 작품이었다. '마트'라는 익숙한 공간을 모험의 배경으로 잘 잡아냈으며, 유년의 어린이에게 실현 가능한 모험의 즐거움을 구현해냈다. 구성과 문장도 안정적이었다. 다만 유년동화의 '클래식'이라고 해도 좋을 만한 안정감에서 다소 기시감이 느껴졌다. 하지만 이 믿음직한 작가의 다른 동화를 결국 읽게 되리라는 기대가 생긴다.

'손톱'은 능수능란하다. '쥐 변신담'이라는 옛이야기 모티프가 남탕 탈의실의 나른한 일요일 아침으로 찾아와 모처럼 TV 리모컨을 손에 쥔 어린이의 혼을 쏙 빼놓았다. 구운 계란과 바나나 우유까지 덤으로. 사건은커녕, 제대로 엉덩이 한번 떼보지 않고 탈의실에 퍼져 앉아있을 뿐인데, 흥미진진하다 못해 으스스해진다. 한국적 호러 판타지라고, 다소 호들갑스럽게 소개를 해도 좋을 것 같다. 서사와 인물과 문장과 의미까지, 흠잡을 데가 없다. '손톱'을 새해의 첫 동화로, 다름 아닌 어린이 독자들에게 자신 있게 권할 수 있겠다.

심사위원 김지은 아동문학평론가 · 이현 작가

불교신문

윤성은

서울이 고향입니다. 대학교에서 사회복지학과 심리학을
대학원에서 코칭 심리를 공부했습니다.
사회복지사, 커리어 코치, 돌고래 조련사로 활동했고
지금은 '동화창작모둠'과 '어린이책작가교실'에서 공부하고 있습니다.
2020년 「안녕, 내 사랑!」으로 제16회 사계 김장생 신인문학상에서
특별상을 수상하고, 「내 이름은 콩떡이었지」로
2021년 〈불교신문〉 신춘문예 동화부문으로 당선했습니다.
0327yse@hanmail.net

내 이름은 콩떡이었지

윤성은

우리 오 남매가 태어나고 얼마 되지 않았을 때라옹—

비가 무섭게 쏟아지는 날이었어. 강물이 으르렁거리며 몸을 부풀리자 엄마는 우리를 안전한 곳으로 옮겼어. 비를 쫄딱 맞으면서 하나하나 날랐지.

언니 오빠들보다 내 울음소리가 더 작았던 걸까. 나는 결국 마지막까지 다리 밑에 남아 있게 됐어.

불어날 대로 불어난 강은 물보라를 일으키며 비가 떨구는 울긋불긋한 낙엽을 삼켜댔어. 나도 낙엽처럼 되지는 않을까 무서웠어. 몸이 떨려왔지.

엄마를 기다리는 시간은 길게 느껴졌어. 내가 너무 조용하게 있어서 나를 잊어버렸나? 그래서 오지 않는 걸까? 겁이 났어.

야옹야옹 울면서 엄마를 불러대는데 커다란 그림자가 내게 다가왔어.

"야옹아."

태어나서 엄마가 아닌 동물을 본 건 처음이었지. 세상에 다른 동물이 살고 있을 거란 생각은 하지 못했어.

"야옹아, 엄마 잃어버렸어?"

나는 조금 있으면 엄마가 데리러 올 거라고 말했어.

야옹—

커다란 동물은 내 말을 못 알아듣더군.

"너 여기 있으면 위험해. 언니랑 같이 가자."

나는 싫다고 도망쳤어. 잘 걷지도 못할 때라 엉금엉금 배를 끌면서. 결국, 잡히고 말았지.

처음에는 무서웠는데 언니가 안아주자 이상하게 기분이 좋아졌어. 따뜻하고 포근했지.

언니는 한 손으로 우산을 잡고 다른 한 손으로 나를 껴안아 다리 위로 올라갔어. 빗속을 걸어가며 내게 속삭였지.

"바람 쐬러 왔는데 비가 쏟아지네. 그래도 다행이야. 널 만나서. 너…… 나 아니었으면 큰일 날 뻔했어."

언니 목소리가 빗소리와 어우러져 자장가처럼 기분 좋게 들렸지. 비는 세차게 내렸어. 세상이 흐릿하게 보일 정도로…….

가물가물 잠이 오는데 언니가 떡집을 지나며 말했어.

"콩떡이네. 너랑 똑같이 생겼다."

그래. 그때부터 언니는 나를 콩떡이라 불렀어. 흰 바탕에 검정, 노랑, 회색 무늬가 콩떡 같다고 콩떡이라 불렀지.

언니는 나를 가방에 넣고 버스에 탔어. 내가 답답해서 야옹야옹

울 때마다 언니가 말했지.

"쉿, 다 왔어. 조금만 참아."

이때 언니가 어떤 사람인지 알아봤어야 했는데……. 다 왔다는 말은 거짓말이었어.

한참을 가다 또 다른 버스로 갈아탔어. 온종일 버스만 탔지.

날이 어두워져서야 언니가 사는 곳에 도착했어. 땅 밑의 세계였지. 내가 태어났던 곳처럼 말이야.

언니가 계단을 내려가면서 말했어.

"반지하지만 살 만해."

쿰쿰한 냄새가 코를 찔렀어. 다리 밑에서 나던, 비릿하고 축축한 냄새와 비슷하면서도 어딘가 달랐지.

언니는 맛있는 것도 많이 주고 나랑 잘 놀아줬어. 집도 따뜻했어. 눈 내리는 날 창가에 앉아 조그만 틈으로 바깥을 구경하는 것도 좋았고. 그래서 원래 가족을 잊고 살았어. 언니를 가족으로 생각하고 지냈지.

언니가 일을 나가 종일 밖에 있다 와도 괜찮았어. 날 낳아준 엄마도 먹이를 구하러 나가면 이틀 동안 돌아오지 않을 때도 있었으니까.

하루 중 가장 행복한 시간은 언니와 함께 잘 때였어. 언니 뺨에 딱 붙어서 언니를 쭉쭉 빨면 골골 노래가 절로 나왔지.

그러다 언제부턴가 등 한가운데가 가렵기 시작했어. 언니는 내 등에 털이 빠지고 있다며 병원에 데리고 다녔지. 그래도 낫지 않았어.

내 잘못이야. 언니가 주는 약을 잘 먹지 않았거든. 썩은 풀냄새가 나 구역질이 났어. 언니가 약을 목구멍에 넣어줄 때 언니를 할퀴고 물기까지 했다니까. 그래도 언니는 끝까지 나를 치료해 주려고 했어. 시간이 지날수록 가려운 부위는 점점 넓어졌지만…….

그러던 어느 날 밤이었어. 평소처럼 언니의 물렁거리는 뱃살을 앞발로 꾹꾹 누르며 그르렁거리는데 언니가 말했어.

"콩떡아. 어떡하지? 돈이 없어. 더는 너를 병원에 데리고 다닐 수가 없어."

돈이 뭔지는 잘 모르겠지만 치료에 필요하다는 건 알 수 있었지.

"병원 간다고 아르바이트 시간 몇 번 바꿨더니 그만 나오래."

언니는 가슴 불룩하게 숨을 들이쉬었어.

"후우, 너…… 태어난 데로 돌아갈래? 고양이 공부하면서 알게 됐어. 어쩌면 너는 엄마를 잃어버린 게 아닐 수도 있대. 어미 고양이가 사냥을 나간 걸 수도 있고, 터를 옮기려고 새끼를 한 마리씩 옮기느라 다른 새끼와 잠시 떨어져 있는 걸 수도 있대."

언니는 내 이마를 손가락으로 가만가만 쓰다듬으며 말했어.

"내가 너를 납치한 걸 수도 있다는 말이야. 네 엄마한테서 너를 떨어트려 놨다고."

내가 말했어.

납치가 뭐냐옹— 난 지금 행복하다옹— 야옹—

언니는 내 말을 또 못 알아듣고 중얼거렸지.

"너를 데려오는 게 아니었어."

다음 날 언니는 일을 마치고 상자 하나를 갖고 집에 왔어. 내 마음에 쏙 드는 튼튼한 종이 상자였어. 바로 들어가 앉았지. 상자 안은 아늑했어. 조그만 구멍으로 바깥을 내다보는 것도 재밌었고.

언니는 웅크리고 누워서 텔레비전을 보고 있었어. 상자가 텔레비전을 가려 어떤 장면이 나오는지 알 수 없었지만, 언니 표정은 꽤 심각해 보였어. 왠지 모르게 불안했어. 나만 보면 재잘재잘 떠들던 언니가 입을 꼭 다물고 있었으니까. 난 꼬리로 몸을 감싸고 웅크리고 앉아 언니를 몰래몰래 살펴봤어. 그러다 깜빡 잠이 들어 버렸지.

얼마나 잤을까 상자가 흔들거려 잠에서 깼어. 고개를 빼고 싶었지만, 상자는 닫혀 있었어. 몸으로 전해지는 떨림이 버스 안 같았지.

내가 야옹거리자 언니가 말했어.

"쉿, 다 왔어. 조금만 참아."

거짓말이었지.

난 계속 울어댔어. 어디 가냐고, 집에 돌아가자고.

야옹— 야옹—

어떤 아저씨가 큰소리를 냈어.

"아, 거 참! 조용히 좀 시킵시다!"

언니는 기어들어 가는 목소리로 말했어.

"죄송합니다."

그리고 내게 말했어.

"콩떡아, 괜찮아, 괜찮아……."

거짓말.

그 끔찍한 시간이 어떻게 지나갔는지 모르겠어. 버스를 갈아타는 것 같았고 또 한참을 달렸고 언니가 나를 들고 터벅터벅 걸어가는 게 느껴졌지. 상자에 난 작은 구멍으로 아직 어두컴컴한 새벽이라는 것만 알 수 있었어.

내가 야옹야옹 목 터지게 소리 지르는데 언니가 상자를 내려놓으며 울먹였어.

"난 널 키울 능력이 안 되는 것 같아. 너…… 나 따라올까 봐 상자 닫아 뒀어. 테이프도 안 붙였으니까 너라면 충분히 열 수 있을 거야. 나 간 다음에 나와 알았지?"

언니는 가짜였어. 가족이라고 생각했는데…….

나는 상자를 긁어댔어.

"나 갈게. 넌…… 여기서 네 엄마 기다려. 혹시 몰라서 먹을 것도 상자에 넣어뒀어."

나는 가지 말라고 내 옆에 있으라고 울었지.

야옹— 야옹—

"미안해, 콩떡아."

그 말이 언니가 나에게 한 마지막 말이었어.

언니를 쫓아가려고 악쓰며 상자를 물고 뜯고 긁었어. 기우뚱 쓰러지며 상자를 얽어둔 틈이 보였지. 나는 두꺼운 종이를 앞발로 누르고 머리로 밀어서 겨우 상자에서 나왔어.

나는 정말 다리 밑으로 돌아와 있었어. 내가 태어났던 곳으로 말이야.

강은 여전히 흐르고 있었지. 변한 건 나무뿐이었어. 알록달록 단풍 대신 연둣빛 싹이 나 있었거든. 추운 겨울을 언니와 함께 보냈던 거야. 겨우내 달콤한 꿈이 악몽으로 변했어.

나는 상자 안에 들어가 차가운 바람을 피하며 엄마를 기다렸어. 수많은 밤을 다리 밑에서 보냈지만, 엄마는 오지 않았어. 언니가 챙겨준 먹이도 다 먹어 버리고 말았지.

살기 위해 길을 떠났어. 하지만 내가 할 수 있는 건 아무것도 없었지. 난 길고양이로 태어났지만, 집에서 자랐으니까.

길 위의 삶은 녹록지 않았어. 춥고 배고프고 무서웠어.

내가 할 수 있는 건 쓰레기통을 뒤져 그나마 먹을 만한 걸 찾아내는 거였지. 썩는 내가 역했지만 어쩔 수 없었어. 배를 채울 수 있는 건 뭐든 먹어야만 했어.

그 와중에 싸움도 붙었어. 쓰레기에도 네 거 내 거가 있는지 그때 처음 알았지. 길 위에 그 어떤 것도 내 거는 없었어. 난 도둑질을 할 수밖에 없었지.

떠도는 수고양이에게 잡혀 원치 않는 짝짓기도 여러 번 했어. 그게 길 위의 삶이지.

봄꽃이 질 무렵, 불행인지 다행인지 나는 새끼를 뱄어. 배는 점점 묵직해지고 나는 점점 말라 갔지. 하필 나 같은 엄마한테서 태어날 아가들에게 미안한 마음이 들었어. 엄마는 어땠을까? 우리

오 남매를 가졌을 때 마냥 좋기만 했을까? 아니면 나처럼 좋은 엄마가 될 수 있을지 걱정했을까? 복잡한 생각에 머리가 어지럽다가도 뱃속에 꼼지락거리는 아가들이 느껴질 때면 어쩐지 마음이 든든해졌어. 아가들이 나에게 알려주는 것 같았지. 더는 혼자가 아니라고. 같이 잘살아 보자고.

다시는 썩은 음식을 먹지 않기로 했어. 아가들이 나와 같은 삶을 살게 할 순 없었으니까.

길을 헤매고 다니다가 돌담 넘어 삐악거리는 병아리 소리를 듣게 됐어. 난 모두가 잠든 밤, 담을 넘기로 다짐했어. 개 짖는 소리가 들렸지만 굶어 죽거나 개한테 물려 죽거나, 죽는 건 매한가지였으니까.

독한 마음을 먹어도 담을 넘을 때마다 심장이 터질 것 같았지. 난 죽지 않을 정도만 병아리를 훔쳐 먹고 버티며 목숨을 이어갔어.

하루하루 시간이 흘렀어. 내 배는 금방이라도 새끼가 나올 것처럼 묵직해졌지. 굶어온 날이 너무 많아서인지 새끼를 배서인지 모르겠지만 기운은 점점 빠져갔어.

평소 같으면 조심했을 텐데 삼일 연속 담을 넘었어. 배고픔에 판단이 흐려진 거야.

비가 무겁게 내리던 날이었지. 가슴을 졸이며 담을 넘었어. 조그만 구멍으로 닭장에 들어가는데 철컹철컹 철망이 흔들렸어. 커다란 개가 빗물을 뚝뚝 떨어트리면서 철망을 긁어대고 있었어. 덩치가 너무 커서 내가 다니는 구멍으로는 들어오지 못했던 것 같

아. 온몸에 털이 쭈뼛 섰지. 난 철망을 사이에 두고 개와 한참을 맞섰어. 그러다 집주인이 닭장 문을 열고 들어오는 틈을 타 뛰쳐 나갔지.

개는 끈질기게 나를 뒤쫓았어. 난 죽을힘을 다해 담벼락을 뛰어 올라 도망쳤고.

쏟아지는 비 때문인지 개 때문인지 몸이 자꾸 떨렸어. 비가 얼마나 많이 내리던지 달리는 내내 눈앞이 새하얬지.

끼— 이익, 쿵!

정신을 차리고 보니 차 한 대가 길 맞은편의 나무를 들이박고 서 있더군. 운전했던 아저씨가 차 문을 열고 나와 급히 내게 달려왔어. 난 너무 놀라 꼼짝할 수 없었지.

아저씨는 내 옆에 쪼그리고 앉아 물었어.

"괜찮아?"

아저씨는 우산도 쓰지 않고 비를 쫄딱 맞고 있었어.

자동차가 내 털끝 하나 건드리지 않았지만 이렇게 말했지.

놀랐다옹— 야옹—

아저씨가 말했어.

"다치지 않아서 다행이다."

그러곤 자리에서 일어나 차로 돌아갔어. 아저씨의 뒷모습은 차가운 빗속에서도 푸근해 보였지.

왠지 지금이 내가 아가들과 함께 살아갈 수 있는 마지막 기회인 것 같아 큰 소리로 말했어.

나 엄청 깜짝 놀랐으니 책임지라옹— 야옹—

난 야옹야옹 울며 아저씨 뒤를 따라갔어. 아저씨는 차 문을 열려다가 멈춰 섰어. 그러곤 뒤돌아 나를 내려 봤지.

"너 사람 손 많이 탄 놈이구나."

내가 답했어.

그렇다옹— 야옹—

아저씨는 차 앞에 우두커니 서서 꼼짝도 안 했어. 난 아저씨 앞에 얌전히 앉아 생각할 시간을 줬어. 가족을 들인다는 건 그렇게 간단한 문제가 아니니까.

우리는 마주 보고 한참 동안 비를 맞았어. 아저씨의 젖은 어깨 위로 김이 피어오를 때까지 말이야.

"타. 우선 병원부터 가보자."

아저씨가 마음의 준비를 마쳤는지 차 뒷문을 열어줬어.

아저씨는 아무 말 없이 운전만 했어. 빗방울 소리만 후드득후드득 들려왔지. 가끔 앞에 달린 조그만 거울로 나를 살펴볼 뿐이었어.

거울에 비친 아저씨 눈이 물었어. 어떤 삶을 살아왔는지, 앞으로 어떻게 살고 싶은지.

그렇게 나의 이야기가 시작됐지. 그러니 아저씨와는 진짜 가족이 되어 함께 행복했으면 좋겠다고 말이야.

아저씨가 내 말을 알아들은 것처럼 답했어.

"그래, 우리 같이 잘살아 보자."

흔들리는 차 안은 기분 좋게 따뜻했다옹—

글에서 떠오르는 장면을 그림으로 그려보아요

당선소감 윤성은

떡볶이를 먹고 있었다. 이 집 떡볶이 맛있네, 감탄하고 있는데 당선 전화를 받았다. 입안 가득 든 떡 때문에 마음껏 좋아하지 못했다. 속으로는 많이 놀라고 기뻤다. 얼마나 놀랐는지 떡볶이가 체하고 말았다. 그래도 행복했다.

십이월 초순 어느 날, 꿈을 꾸었다. 어떤 이가 나에게 칼을 주며 잘 맡아 달라고 부탁했다. 40센티 정도 되는 커다란 칼이었다. 어딘가 집어넣어 숨기고 싶었다. 그런데 칼집이 없었다. 버리고 싶어도 버릴 수가 없었다. 부탁받은 칼이라 그러지 못했다. 나는 그 묵직한 칼을 들고 사람들이 다니는 거리를 돌아다녔다. 이 무시무시한 것을 어쩌나, 초조한 마음에 잠에서 깼다.

이제 와 생각해보니 꿈에 나왔던 칼은 글을 암시했던 것 같다.

글을 쓸 때 나는 온 마음을 다한다. 혼자서 웃고 울며 글을 쓰다가 완성작을 보고 감탄한다. 나라는 사람이 이런 글도 쓸 수 있단 말이야? 글벗들도 종종 나의 글을 보고 좋다고 해준다. 하지만 온갖 공모전이란 공모전은 다 떨어지며 내 글을 믿을 수 없게 됐다. 역시나 우리끼리만 좋은 글이었어. 글쓰기 말고 다른 길을 찾아야 하나. 내가 과연 계속 글을 쓸 수 있을까. 글공부하면서 흔들린 적이 많았다. 꿈속에서 칼을 들고 다닐 때와 비슷한 마음이었다.

나에게 칼을 준 분은 내가 글을 쓸 수 있다고 믿어주신 불교신문 심사위원님이 아닐까. 감사하다. 이제는 그 믿음 저버리지 않도록 글쓰기에 정진할 것이다. 누군가의 고통을 덜어주고 슬픔을 달래주는 글을 쓰고 싶다.

정해왕 선생님, 정이립 선생님, 어작교 글벗과 칠성리에게 감사한 마음을 전한다. 늘 지지해주는 부모님, 가끔 엄청난 영감을 안겨주는 남편 박준호, 사랑한다.

"사람살이 함축한 고양이 이야기에 한 표"

'내 이름은 콩떡이었지'는 '길냥이' 가족의 일원으로 태어난 새끼 고양이 한 마리가 어느 젊은 여성의 손에 거두어져 '콩떡'이라면 별명을 얻었다가 다시 되돌려지는 고난 끝에 새로운 삶을 얻게 되는 이야기다.

'풍경소리'는 심사위원의 마음을 무척 산란스럽게 했는데, 함월산사에 매달려 있는 '풍경'이 겪는 태풍 이야기의 간결하고도 아름다운 느낌을 차마 떨쳐버릴 수 없었기 때문이다. '천도복숭아'는 영어학원 버스를 타고 집으로 돌아오다가 교통사고를 당한 아이 가빈이가 다른 아이들이 불행한 일을 당하는 사이에 며칠 동안 의식을 상실했다 깨어나는 이야기다. 삶으로의 생환을 신비스럽게 처리한 독특한 작품이다.

'하루살이 춘몽이'는 어느 때보다 심사위원의 양식을 찌르는 작품이었다. 몇 해 심사를 해오면서 '불교 동화'라고 분류할 수 있을 만한 좋은 작품을 세워 올리지 못한 것이 늘 마음에 걸렸던 것이다. 처음 읽고 '이 작품이라면 동화에 불교적인 세계인식이 잘 습합된 수작이지 않나?' 하고 생각했다.

좋은 작품이 많다는 것은 확실히 신춘문예를 잔치스럽게 만들지만 심사위원은 곤혹스럽다. 결정을 망설이고 망설인 끝에 결국은 '내 이름은 콩떡이었지'로 낙착을 본다. "우리 오 남매가 태어나고 얼마 되지 않았을 때라옹~"으로 시작하는 이 길냥이 이야기의 마지막 어구 "때라옹"이 주는 재미에 코로나 시절을 맞아 아픈 세상살이를 이어가고 있는 사람들의 사연이 배면에 숨어 작동한다.

가볍지 않고, 그런데 무겁지만도 않다. 이야기다운 이야기가 있다. 사람 손에 거두어진 새끼 고양이의 '인생' 유전이 마음을 깊게 움직이는 점이 있다. 결정은 어쩔 수 없는 절차다. 당선작을 쓴 분에게 큰 축하드린다.

심사위원 방민호 서울대 교수

서울신문

김 상 화

1978년 통영 출생
한양대학교 국어국문학과 졸업
2018년 KB창작동화제 우수상 수상
2021년 〈서울신문〉 신춘문예 동화부문 당선
dalzzin@hanmail.net

연우의 재밌는 일기쓰기 기계

김상화

“이번에는 머리에 연두색 리본을 달고 있는 우리 연우가 나와서 읽어볼래?”

선생님께서 말씀하셨습니다. 연우는 수업 시간에 곧잘 손을 들어 발표를 했지만 일기를 읽는 시간에는 아직 한 번도 발표를 한 적이 없습니다. 일기 쓰는 것이 중요하다고 말씀하시는 담임 선생님은 일기 검사를 하지는 않습니다. 대신 일주일에 세 번 아이들이 스스로 발표하게 했습니다.

4학년이 되고 나서 연우의 일기를 본 사람은 아직 아무도 없습니다. 선생님은 11월이 될 때까지 기다렸습니다. 꼬박꼬박 숙제도 잘하는 연우가 일기를 쓰지 않을 리는 없을 텐데 왜 발표를 하지 않는지 궁금했습니다. 선생님은 11월이 되어도 발표하지 않으면 어쩔 수 없이 연우에게 발표를 시켜야겠다고 생각했습니다. 연우는 까맣게 모르고 있었지만, 드디어 그날이 왔습니다. 바로 오늘입니다.

선생님이 연우의 이름을 불렀을 때, 연우는 땋은 머리카락을 매만지며 머뭇거렸습니다.

"일기 썼지?"

"네, 썼어요."

"그럼 나와서 읽어 봐. 쓴 걸 그대로 읽기만 하면 돼."

연우는 일기를 쓰긴 했지만, 발표를 하고 싶지는 않았습니다. 스스로 부끄러운 모습을 꺼내서 보여주는 마음이 들었습니다. 쭈뼛쭈뼛 앞으로 나가서 겨우 어제의 일기를 읽었습니다.

"11월 11일 수요일. 낮에 공부를 좀 하다가 소파에 누워있었는데, 누워있으니 잠이 조금씩 왔다. 누워서 이제 무슨 공부가 남았지 하고 생각해보다가 깜빡 잠이 들었다."

연우의 일기는 딱 두 줄뿐이었습니다. 일기를 다 읽었을 때, 선생님께서 말씀하셨습니다.

"계속 읽어."

"다 읽었어요."

아이들이 '와하하하' 하고 큰 소리로 웃으니 연우는 부끄러웠습니다.

"그것밖에 못 썼어?"

연우는 선생님이 원망스러웠습니다.

'그거 봐, 그냥 읽기만 하면 된다고 하더니, 그게 아니잖아.'

선생님은 연우의 원망을 들으셨는지 더 원망스러운 말씀을 하셨습니다.

"연우는 내일 다시 일기 발표를 하도록 하렴."

이어서 연우의 단짝인 아연이가 손을 들어서 세계 명작 동화 읽는 것처럼 일기를 아주 재미나게 읽었습니다.

연우와 집으로 가는 길에 아연이는 일기를 잘 써서 칭찬받으면 기분이 좋다고 했습니다. 그러면서 사실 일기에 거짓말도 조금 있다고 했습니다.

"거짓말?"

"별로 재미가 없었던 일도 모두 재미있었다고 쓰는 거야."

아연이는 속삭였습니다.

"사실 거짓말은 아니야. 재미없었지만 재미있었다고 상상하는 거야. 맛없을 때도 맛있다고 상상하는 거야."

"칫, 그게 뭐야. 거짓말이나 마찬가지잖아. 일기를 쓰기 위해서 맛도 없는 걸 맛있다고 상상한다고? 우웩, 토할 것 같아."

연우는 말은 그렇게 했지만 보여주어야 하는 일기라면 그럴 수도 있겠다고 생각했습니다. 듣는 사람들 생각도 해주어야 하니까요.

연우는 예쁜 새 일기장을 사서 오늘부터 새로운 마음으로 일기를 써야겠다는 생각이 들었습니다. 연우는 아연이에게 전화기를 빌렸습니다. 연우에게도 전화기가 있습니다. 그건 오빠가 쓰던 스마트폰인데 개통을 하지 않아서 와이파이가 되는 곳에서만 톡으로 사용하고 있었습니다. 연우는 아연이의 스마트폰으로 회사에 계신 엄마에게 전화했습니다.

"엄마, 나 새 일기장 사게 돈 좀."

"아우, 연우야. 지금은 정신이 없으니까 내일 체크카드에 입금해 줄게. 엄마 지금 회의 들어가야 하니까 나중에 통화하자. 알았지?"

연우는 엄마가 정신이 없다는 말을 돈이 없다는 말로 알아들었습니다. 그냥 쓰던 일기장에 계속 써야겠다고 생각하며 연우는 전화를 끊었습니다. 바쁜 엄마를 귀찮게 하지 않기 위해서요. 아연이에게 지고 싶지 않았지만, 일기를 잘 쓰기 위해서 꼭 새 일기장이 있어야 하는 것은 아니니까 괜찮았습니다.

연우는 오늘이 끝나기 전에 일기를 써야 한다는 사실을 하루 종일 잊지 않았습니다. 오늘만큼은 시간이 천천히 가길 바랐지만 금방 밤이 되어버렸습니다.

"연우, 이제 티브이 그만 보고 방에 들어가거라."

아빠가 설거지하다가 말씀하셨습니다. 시계를 보니 벌써 아홉 시 반이었습니다. 이제 오늘이 끝난 걸까요? 오늘이 끝난 것은 아니지만 연우가 일기를 써야 할 시간이라는 것만은 틀림없습니다. 재미난 일기를 쓰기 위해서 뭔가 사건이 벌어져야 했지만, 너무 늦은 시각이어서 이제 새로운 사건을 일으키기란 어려웠습니다. 늦은 밤 학교에 다시 갈 수도 없고 어디로 놀러 갈 수도 없었습니다.

'도둑님이시여, 제발 우리 집에 와 주세요.'

연우는 이런 나쁜 생각도 들었습니다.

오늘 있었던 어마어마하고 무시무시한 일은 내일 일기를 발표해야 한다는 것입니다. 하지만 막상 이 일을 일기로 쓰려니 다른 사람에게는 아무 일도 아닌 것 같았습니다. 연우가 텔레비전을 끄고 방으로 들어가려는 순간이었습니다.

"그리고 일기 쓰는 거 잊지 말고."

아빠가 고무장갑을 벗으며 말씀하셨습니다. 그 말만 하지 않았어도 괜찮았을 텐데 연우는 그만 방문을 쾅 닫고 말았습니다.

책상 앞에 앉아서 일기장을 펼쳤습니다. 말똥말똥 일기장을 쳐다보았습니다. 한숨을 쉬며 양손을 턱에 괴고 생각했습니다.

'일기를 대신 써 주는 기계가 있다면 얼마나 좋을까?'

연필을 너무 세게 쥐는 바람에 연필심이 탁 부러졌는데 그 순간 좋은 생각이 떠올랐습니다. 전화가 안 되는 스마트폰을 떠올린 것입니다. 전화는 안 되지만 와이파이만 되면 자동완성 기능이 작동됩니다. 연우는 자동완성 기능으로 일기를 쓰면 어떨까 하는 생각을 한 것입니다. 오빠가 쓰던 기계이기 때문에 스마트폰은 오빠가 쓰던 말들을 아주 많이 알고 있었습니다. 뭔가 흘리고 다니기를 좋아하는 오빠는 스마트폰을 초기화해 놓지 않고 자기가 쓰던 흔적을 남겨놓았습니다. 친구들과 톡을 할 때에도 연우는 오빠가 쓰던 스마트폰 자동완성 기능의 재미를 톡톡히 보았습니다. 연우는 이 자동완성 기능이 일기를 쓰는 기계가 되어 줄 수 있으리라고 생각을 한 것입니다. 스마트폰의 메모장을 열어 아무 글자나 썼습니다. '신'이라는 글자를 입력하자 이 기계는 자기 마음대로 말을 만들어내기 시작합니다.

"신, 이시여, 제발, 저에게, 힘을, 주세요, 꼭."

연우는 일기를 쓰기 시작했습니다.

"11월 12일"

스마트폰은 11월과 12일만 쓰는데도 13, 14 이러면서 자동완성 기능으로 어서 일기를 써 주고 싶어서 안달복달 난리였습니다.

"그래, 맞아. 바로 이거야."

목요일을 쓰려고 '모'까지 썼을 때, '모기', '목요일', '목소리'라고 자동완성 기능이 세 낱말을 띄워주었습니다. 그중에서 연우는 '목요일'이 맞다는 것을 자동완성 일기쓰기 기계에게 가르쳐 주었습니다.

"스마트하긴 하지만……, 많이 똑똑하지는 않아. 그러니까 내가 잘 골라주어야 해."

그래도 다른 자동완성 기능보다 똑똑하다고 생각했습니다. 'ㅋ' 하면 다른 자동완성 기계들은 'ㅋㅋㅋㅋ'밖에 모르지만 연우의 일기쓰기 기계는 달랐습니다. 왜냐하면, 이건 오빠가 쓰던 것이기 때문입니다. 오빠가 쓰던 말들을 많이 기억하고 있었습니다. 겨우 날짜와 요일만 썼을 뿐인데도 연우는 가슴이 두근두근했습니다. '오늘'이라고 쓰자 '오늘은', '오늘도' 하고 보기를 내주었습니다.

"오늘도 일기를 읽는 시간이 되었다."

'선생님'이라고 쓰자 '선생님께서'라고 자동완성으로 바꾸어 주었습니다.

'내 이름을'이라고 썼을 때, 일기쓰기 기계는 '불렀다'와 '외쳤다' 두 가지를 보여주었습니다. 맞습니다, 선생님은 분명 연우의 이름을 부른 게 아니라 외쳤습니다. 그건 천둥소리만큼이나 크게 들렸거든요. 하지만 연우의 귀에만 그렇게 들렸을 뿐이라는 걸 연우도 알고 있었습니다. 그래서 연우는 이렇게 썼습니다.

"선생님께서 내 이름을 부르는 소리가 천둥소리만큼이나 크게 들렸다."

연우의 일기쓰기 기계는 가끔 연우와 대화를 하기도 했습니다.

연우가 "어떻게 써야 할지 모르겠어."라고 쓰면 "어떻게 써야 할지 다 알겠다."라고 뜹니다. 연우가 '모르겠어'를 지우고 '알겠어'라고 쓰면, "나도."라고 대답합니다. 막막함 속에서도 웃음이 나왔습니다.

'그것밖에 못 썼어?'라고 쓰려고 '못'을 썼을 때 일기쓰기 기계는 '못이 박이도록', '못지않다', '못뽑이집게벌레', '망치'를 보여주었습니다.

'선생님이 이것밖에 못 썼냐고 말씀하셨을 때, 못 말고 망치 썼다고 대답할 걸 그랬어.'

'그동안 일기를 쓰지 못했던'이라고 쓰려고 했는데 연우의 손가락이 조금 굵어서일까 '던' 대신 '단'을 치고 말았습니다.

'그동안 일기를 쓰지 못했단'이라는 말은 바로 '그동안 왜 일기를 쓰지 못했단 말인가!'라는 말로 바뀌었습니다.

정말 재미있는 일이 생겼습니다. 연우는 자동완성 일기쓰기 기계와 함께 오늘의 일기를 썼습니다. 한 낱말을 쓰면 다른 낱말이 이어지고, 그걸 일기에 쓰면 또 다른 말을 알게 되고, 또 새로운 일이 생겼습니다. 끝말잇기처럼 계속 말들이 생겨났습니다. 연우는 방 안에서 혼자 키득키득 웃었습니다.

"안 자니? 엄마가 아이스크림 사 왔다. 나와서 아이스크림 먹어라."

"네."

연우는 대답하고 나서도 발이 움직이지 않았습니다. 다음 글이 어떻게 이어질지 궁금했습니다. '새 일기장을 사려고 엄마에게 돈'까지 쓰고 멈추었습니다. '돈'이라는 글자를 쓰자마자 바로 '돈 돈 돈'이라고 변했기 때문입니다. '돈 돈' 두 글자를 지우자마자 바로 또 '돈'은 자동으로 '돈 돈 돈' 하고 변해버리고 말았습니다.

"새 일기장을 사려고 엄마에게 돈 돈 돈을 달라고 했다."

어쩔 수 없이 이런 문장이 되어버리고 말았는데 다음 문장은 더 재미있었습니다.

"엄마가 돈 돈 돈이 없다고 내일 체크카드에 돈 돈 돈 입금해 준다고 했다."

그래서 오늘 연우의 일기는 이렇게 되었습니다.

11월 12일 목요일

오늘도 일기를 읽는 시간이 되었다.

선생님께서 나를 불렀을 때, 너무 무서워서 천둥소리처럼 크게 내 이름을 외치는 것같이 들렸다.

일기를 다 읽었을 때 선생님이 말씀하셨다.

"이것밖에 못 썼어?"

나는 못을 쓰지 않았는데, 선생님은 왜 못 썼다고 하시면서 망치처럼 내 마음을 때릴까? 나는 못이 아닌데, 그동안 왜 일기를 쓰지 못했단 말인가! 일기를 쓸 수 있는데도 두 줄밖에 쓰지 않았던 이유는 노력을 안 해서 그랬던 거다.

새 일기장을 사려고 엄마에게 돈 돈 돈을 달라고 했지만, 새 일기장이 아니라도 새 마음으로 일기를 쓸 수 있다는 것을 알았다. 오늘부터 일기 쓰는 일이 정말 재미있어졌다.

다음 날, 연우는 선생님이 말씀하시기도 전에 손을 들어 일기 발표를 했습니다. 선생님은 연우에게 못을 쓰지 않았는데 못 썼다고 말해서 미안하다고 하셨습니다. 하루 만에 일기가 풍년이 들었다며 칭찬도 해 주셨습니다. 친구들에게 박수도 받았습니다.

쉬는 시간에 아연이가 연우에게 뛰어왔습니다. 아연이는 연우에게 귓속말로 물었습니다.

"내 말 맞지? 거짓말 아주 조금 섞어서 쓰니까 진짜 잘 써지지?"

"무슨 거짓말?"

연우는 잠깐 생각하다가 아연이가 어제 일기에 쓰려고 맛없는 것도 맛있다고 상상한다고 했던 말을 떠올렸습니다. 아연이는 연우가 일기 쓰는 일이 정말 재미있어졌다는 말이 진짜일 리가 없다고 생각한 것입니다.

"아, 정말 재밌어졌다는 말? 그거 거짓말 아닌데?"

"쥐꼬리만큼도?"

"응."

"손톱만큼도?"

아연이가 자꾸 물으니까 연우는 일기 쓰는 일이 정말 재미있어졌는지 다시 생각해보게 되었습니다. 곰곰이 생각한 끝에 연우가 말했습니다.

"어쩌면 오늘 밤에는 맘이 바뀔지도 몰라. 하지만 어제는 분명히 진짜였어."

연우와 아연이는 둘이 함께 큰 웃음을 터뜨렸습니다.

주인공에게 편지를 써보아요.

당선소감 김상화

처음 습작으로 동화를 썼을 때, 난 아직 내가 어린이라고 생각했는데 –이 말이 너무 거북하다면 '아직도 동심이 남아 있다고 생각했는데'라고 바꾸겠다– 이건 동화가 아니라는 말을 듣고 깜짝 놀랐다. 그 후 시간이 지나 내가 많이 부족하다는 걸 겨우 깨닫게 된 이번 겨울, 당선 전화를 받았다.

나를 어른이라고 생각하는 몇몇 아이들을 만났던 기억이 떠오른다. 물론 그들은 나도 한때 어린이였다는 사실을 한 번도 생각해보지 않았겠지만. 그들은 왜 이중섭은 가족 사랑하면서 돈 안 버냐고 물었고, 옛날엔 천 원짜리가 붉은색이었다고 하니까 옛날얘기 왜 하냐고 나를 구박했다. 이 모든 어린이들에게 세상이 아름답다는 것을 보여주고 싶다.

최근 학대받는 아이들 뉴스가 연달아 나와서 마음이 아프다. 그 아이들에게 어떻게 이 세상의 아름다움을 보여주어야 할지 모르겠다. 일찌감치 포기해야만 하는 일인지도 모른다. 이미 죽은 아이도 있기 때문이다. 그럼에도 불구하고 얼마간의 책임을 지워주신 심사위원님들께 감사드리며 광부처럼 세상의 아름다움을 캐내어 아이들에게 보여주어야지 다짐한다. 이 아이들이 어른이 되었을 때는 이런 비극이 다시 일어나지 않는 사회가 되길.

고마움을 전해야 할 사람들이 많다. 우리 토별반 식구들, 아무런 공식적 의무가 없는데도 나를 응원해주거나 말거나 한 친구들, 내 팬 이수용 작가, 나의 0번째 독자 진경이, 첫 번째 독자 H, 정해왕 선생님, 김헌일 선생님, 사랑하는 가족, 세상의 모든 어린이들과 어른이들에게 감사하며 그들과 함께 기쁨을 나누고 싶다.

흑백논리에 갇히지 않고 '디지털원주민' 멋지게 형상화

어린이의 심리적 특성을 고려해 한 문장도 낭비하지 않도록 정확하고 신중하게 선택된 언어로 함축적이며 생생한 문학적 경험을 전하는 것이 동화다. 좋은 동화는 삶의 한 조각을 통해 세계의 의미를 드러내거나, 스스로 평생 풀어야 할 수수께끼를 가슴속에 심어준다. 올해 응모작은 이런 기준에서 어느 해보다 수준이 높았다.

'축구가 제일 쉬웠어요'는 '장애는 극복의 대상이 아니다'라는 문제의식 속에 주의력결핍과잉행동장애(ADHD)가 다양성을 허용하지 않는 현대 문명이 만들어 낸 장애 아닌 장애라는 점을 환기하는 점이 돋보였다. 하지만 이 한 가지 주제로만 수렴되는 것이 아쉬웠다. '아기감기'는 '아기감기'에 걸려 아이가 된 아빠를 돌보는 인물을 통해 서로를 이해하는 모습을 실감 나게 그려냈다. 다만 이런 '역할 바꾸기'가 동화를 통해 위로받고 싶어 하는 어른들의 심리가 무의식중에 투영된 건 아닌지 생각해 보면 좋겠다. '앙앙'은 세상을 떠난 반려견을 다시 만난 이야기를 아름답게 그린다. 새 반려견을 들인 것 때문에 눈치를 보는 주인공, 삐진 듯하면서도 이를 이해하는 앙앙의 모습이 사랑스럽다. 구름이 돼 따뜻한 곳을 찾아 마음껏 뛰노는 개들의 사연을 통해 인간의 이기심과 야만성을 돌아보게 한다. 다만 이런 소재는 이미 여러 작품에서 다루어졌다는 점이 아쉽다.

'연우의 재밌는 일기쓰기 기계'는 스마트폰 자동글자완성 기능을 통해 새로운 방식으로 일기를 쓰게 되는 아이의 모습을 재치 있게 그렸다. 흑백논리에 갇히지 않고, 디지털원주민으로서 기성세대와는 다른 삶을 사는 아이들의 모습을 멋지게 형상화했다. 심사위원은 우리 아이들이 '포노사피엔스'로서 어떻게 슬기롭게 살아갈 것인지를 예견하는 이 작품에 손을 들기로 했다. 끝으로 본 심평에 언급되지 않은 작품 중에서도 큰 박수를 받아 마땅한 작품이 여럿 있었음을 꼭 밝히고 싶다.

심사위원 유영진 · 박숙경 아동문학평론가

전남매일

김보미

1986년 춘천 출생
춘천교대 국어교육과, 춘천교육대학원 아동문학과 졸업
경기도 현직교사
2021년 〈전남매일〉 신춘문예 동화부문 당선
dhdldywjd@hanmail.net

어색한 전쟁

김보미

분명했다. 누군가 우리 집에 살고 있었다. 우리 가족 말고 낯선 누군가가. 나는 오늘도 오싹 소름이 돋은 채 잠에서 깼다. 한 달쯤 전이었다.

"엄마야!"

깊은 새벽, 나는 침대에서 용수철처럼 튀어나왔다. 누군가 다가와 내 머리카락을 훑고 지나갔다. 사람의 손길이라기엔 너무도 가늘고, 재빨랐다. 하지만 집 안엔 아무도 없었다. 엄마는 대기업 요리연구가에 아빠는 자동차 회사 엔지니어였다. 엄마, 아빠는 새벽같이 나가서 밤늦게 돌아왔다. 나는 늘 혼자였다.

그런데 오늘 아침엔 달랐다.

"엄마야!"

하고 소리친 건 내가 아니라 우리 엄마였다. 나랑 아빠는 깜짝 놀라 거실로 튀어나왔다. 시계를 보니 새벽 6시 반이었다.

"무슨 일이야?"

아빠 말에 엄마가 대답 대신 휴대폰을 내밀었다. 아빠 얼굴이 하얗게 질렸다. 엄마 휴대폰에는 새벽부터 문자가 와있었다. 엄마가 코로나19 확진자의 밀접접촉자라는 것이었다. 밀접접촉자는 검사 후, 결과가 나올 때까지 집안에서만 격리 생활을 해야 한다고 적혀있었다. 엄마가 출장 갔다 만났던 사람 중 하나가 확진 판정을 받은 모양이었다.

지잉 지잉. 때마침 아빠랑 나한테도 문자가 왔다. 엄마와 비슷한 문자였다. 함께 동거동락 한 사이니 한 세트로 검사 후 집에만 있으란다. 사실 난 일주일에 한 번 엄마랑 밥을 먹을까 말까인 데다 잠도 따로 잔다. 그런데도 이럴 때는 한 세트라니.

"서류 받느라 만난 시간은 1분도 안 돼. 야외에서 서로 마스크 끼고 있었으니까 우리 가족이 코로나에 걸릴 리는 절대 없어."

엄만 말은 그렇게 했지만 눈 밑엔 그늘이 졌다. 뉴스에서 보았던 코로나 환자들 모습이 생각났다. 나도 그 사람들처럼 애벌레 같은 옷을 입고, 실려 가게 되는 걸까. 숨쉬기도 힘들고, 어쩌면 죽을 수도 있다. 이렇게 내 짧은 13년 인생은 끝이 나고 마는 걸까.

우리 셋은 아빠 차를 타고 보건소에서 검사를 받은 뒤 집을 돌아왔다. 셋이서 함께 차를 타는 게 얼마 만인지 몰랐다. 모르는 사람들이랑 지하철을 탈 때보다 천만 배 더 어색했다. 서로 아무 말도 안 하고 왔다 갔다 하는 내내 세 개의 휴대폰들은 정신없이 울렸다. 요즈음 우리 가족을 만났던 사람들이 걱정과 위로를 건네는 척, 우리의 동선을 확인하고 싶어 했다. 안 그래도 혹시, 정말, 만약에 나도 걸렸으면 어쩌지 하는 생각이 휴대폰이 울릴 때마다 점점 더 부풀었다.

집으로 돌아오니 5분에 한 번씩 울리던 휴대폰이 이제는 1분에 한 번씩 울렸다. 학교에, 직장에 오지 않은 우리 가족의 소식이 널리 널리 퍼진 듯했다. 나는 결국 온몸을 흔드느라 뜨거워진 휴대폰을 꺼버렸다. 엄마도, 아빠도 휴대폰을 껐다. 집안이 조용해졌다. 우리 셋은 가만히 소파에 앉았다. 혼자 있을 때는 조용해도 아무렇지 않던 집이었는데 엄마랑 아빠가 같이 있으니까 어색했다. 지금 당장은 코로나에 걸릴까 두려운 마음보다 이 순간 어색한 게 더 힘들었다. 내가 먼저 참지 못하고, TV를 켰다. 그러자 아빠는 일어나서 어제 물 준 선인장에 또 물을 주고, 엄마는 늦은 아침밥을 차리러 일어났다.

아침 밥상은 진수성찬이었다. 엄마가 이름난 요리연구가니 집에만 있는데도 먹을 것 하난 걱정 없었다. 엄마는 다른 건 몰라도 가족들 밥 세 끼 빠짐없이 차려주는 데는 자부심이 있었다. 직업이 직업인 만큼 늘 손수 차린 밥상이었다. 얼굴 잠깐 볼 새 없이 바쁜 것에 보상이라도 해주는 듯 반찬도 늘 푸짐했다. 시금치 된장국을 한술 뜨며 아빠가 긴 침묵을 깼다.

"너무 걱정하지 말자. 그래도 이런 기회로 가족이 다 같이 앉아서 밥 먹으니 좋은 점도 있잖아? 허허."

엄마가 태평하게 웃는 아빠를 째려봤다.

"당신은 이런 상황에서 그런 감상적인 소리가 나와?"

이렇게 또 대화가 끊겼다. 우리 가족의 대화는 언제나 이랬다. 아빠는 이럴 때마다 자리를 피해 화분에 물을 주러 베란다로 갔지만, 지금은 밥상 앞이라 엉덩이만 두 번 들썩들썩했다.

밥을 다 먹자마자 우리는 각자 흩어졌다. 엄마는 부엌, 나는 내 방, 아빠는 베란다. 내일 아침이면 어떤 결과가 나올지도 모르는데, 앉아서 뭔가 할 만한 기운도 나지 않았다. 나는 침대에 누워 가만히 눈을 감았다. 사각사각. 사각사각. 방구석 어딘가에서 분명히 무슨 소리가 들렸다. 그런데 그때였다.

"엄마야!"

엄마가 오늘만 두 번째 엄마를 불렀다. 우리 셋은 또 거실로 뛰어나왔다.

"바퀴야. 주먹만 한 바퀴벌레라고!"

엄마가 발을 동동 구르며 소리쳤다. 순간 가슴이 쿵 내려앉았다. 뭔가 짚이는 게 있었다. 나는 얼른 내 방으로 뛰어갔다.

"으아아악!"

침대 주변을 살피던 나는 뒤로 벌러덩 자빠졌다. 침대 밑, 머리맡 모서리 틈새에서 까맣고, 작은 것들이 스멀스멀 기어 나오고 있었다. 내가 그토록 찾던 침입자. 그 정체를 찾는 순간이었다. 게다가 놈들은 하나가 아니었다. 내 소리에 엄마랑 아빠가 내 방으로 뛰어 들어왔다. 엄마는 침대 밑에 휴대폰 플래시를 비췄다. 바닥에 떨어진 과자, 사탕, 캐러멜 틈에 바퀴들이 득실거렸다.

"엄마가 침대에 음식 가져와서 먹지 말랬지. 이게 바퀴 집이지 사람 집이야!"

엄마 말이 맞았다. 정말로 우리 집은 바퀴 집이 되어있었다. 우리는 그동안 잠만 겨우 자고 다녔던 우리 집을 이제야 자세히 둘러보기 시작했다. 바퀴벌레는 내 방뿐만 아니라 책장 뒤, 소화기 밑, 창틈에도 있었다. 잠깐 둘러본 새에 이렇게 많은 바퀴들이 나왔는데, 더 자세히 살펴보면 얼마나 더 나올지 몰랐다.

우리 셋은 다시 거실로 모였다. 거실엔 아까와 같은 어색함은 사라지고 비장함이 감돌았다.

"집에 있는 동안 바퀴를 다 잡아야겠어."

엄마가 말했다. 나와 아빠는 고개를 끄덕였다. 바퀴 소탕 작전이 개시되자 코로나에 걸릴까 걱정되던 마음도 다 사라졌다. 우리에게 살아 움직여야 할 목표가 생긴 것이다.

"트랩을 만들자."

아빠 말에 내가 고개를 저었다.

"그래서 언제 다 잡아? 보이는 대로 살충제를 뿌려버려야지."

내 말엔 엄마가 반기를 들었다.

"바퀴벌레는 죽으면서 알을 낳는다고. 알까지 죽이려면 치약이 최고야."

우리 셋은 모두 자기 의견을 굽히지 않았다. 결국, 세 가지 방법 모두 다 해보기로 했다. 시간은 많으니까.

아빠는 인터넷에서 찾은 방법대로 바퀴벌레 트랩을 만들었다. 유리병에 생감자 같은 바퀴 먹이를 넣고 병 주둥이에 기름을 발라

놓는 것이다. 아빠가 자신만만하게 먼저 베란다로 앞장섰다. 엄마랑 나도 트랩을 하나씩 들고 따라갔다. 우리는 바퀴가 가장 많이 꼬일만한 곳을 살폈다. 그런데 엄마가 화분 틈새에서 무언가 발견한 듯 눈썹을 꿈틀했다. 얇은 시집이었다.

"아니, 이게 다 뭐야?"

엄마 목소리가 날카로웠다. 시집을 거꾸로 휘리릭 넘기자 오만 원짜리 지폐들이 후드득 떨어졌다. 언 듯 봐도 4~50장은 되어 보였다. 아빠는 들고 있던 트랩을 내던지고 황급히 돈을 주웠다.

"그동안 나 몰래 비상금 챙겨놨던 거야? 무슨 꿍꿍이야? 빨리 말 안 해?"

엄마는 끈질기게 아빠에게 물었다. 하지만 아빠 입은 철썩 붙어서 절대로 열리지 않았다. 엄마는 아빠 얼굴이 뚫리도록 아빠를 째려봤다. 나도 엄마한테 매번 고분고분하던 아빠가 이런 모습을 보이자 놀랐다. 엄마는 내 팔목을 끌고 베란다에서 나왔고, 아빠는 고개를 푹 수그리고 따라 나왔다.

다음은 내 차례였다. 나는 살충제를 들고 앞장섰다. 방바닥이 허예지도록 살충제를 뿌려도 바퀴는 쉽게 죽지 않고 뒤집혀 몸부림을 쳤다. 엄마는 아직도 버둥거리는 바퀴를 쓰레받기에 담았고, 아빠는 눈을 질끈 감고 비닐봉지를 내밀었다. 그런데 아빠가 책상 서랍 뒤에서 종이 한 장을 발견하곤 바퀴가 든 비닐봉지를 떨어뜨렸다. 화를 내려던 엄마 눈이 가늘어지더니 아빠 손에 든 종이를 낚아챘다. 그게 무슨 종이인지 제일 늦게 깨달은 건 한심하게도 나였다. 그도 그럴 것이 이미 난 순혁이랑 일주일 전에 헤어졌기 때문이다. 이제 걔가 준 연애편지 따위는 바퀴벌레랑 같이 뒹굴어도 상관없었다. 하지만 엄마는 달랐다.

“너, 하라는 공부는 안 하고, 여태 연애나 하고 다녔던 거야? 내가 너 연애질이나 하라고 꼬박꼬박 진수성찬 차려대며 회사 다닌 줄 알아?”

나는 엄마 손에서 편지를 빼앗아 바퀴벌레가 든 봉지에 구겨 넣었다.

“이제 다 끝났어. 이미 지난주에 차였다고!”

나는 일부러 바닥을 쾅쾅 차며 거실로 나왔고, 아빠는 뭐라고 한마디 하려다 엄마 표정을 보고 입을 다물었다.

엄마는 치약을 들고 부엌으로 갔다. 나도 신경질적으로 치약을 구석구석 발랐다. 아빠도 말없이 우리 뒤를 따랐다. 그런데 찬장 맨 꼭대기 틈새에 반짝이는 비닐 같은 게 끼어있었다. 나는 호기심에 비닐을 쭉 당겨보았다. 그 순간, 와르르르르. 찬장에서 수십 개의 반조리 식품들이 쏟아졌다. 미역국, 소고기뭇국, 육개장부터 장조림, 메추리 알, 우엉 조림까지 종류도 다양했다.

“그럼, 당신 그동안….”

아빠가 입이 떡 벌어져 말을 다 못 이었다.

“엄마가 전부 손수 한 거라서 남기지 말라며. 엄마는 손이 부르트도록 밥하고, 회사 다니는데 편안하게 공부만 하면서 불평하지 말라며!”

아빠가 다 못 한 말을 내가 맺었다. 회사 다니면서 손수 반찬도 해 먹인다는 요리연구가 엄마의 거짓말이 한순간에 무너졌다. 어쩐지 그동안 맛있었다. 엄마는 얼굴이 빨개져서 쏟아진 반조리 식품들을 서랍에 집어넣다 말고 소리쳤다.

"회사 다니면서 이런 거 데워서 먹이는 것도 쉬운 일인 줄 알아? 여태 잘 먹었잖아!"

우리 셋은 결국 다시 흩어졌다. 우리는 이렇게 잠깐 뭉치기도 힘든데, 바퀴들은 집 안 구석구석을 한 몸처럼 몰려다녔다. 엄마, 아빠, 나는 각자의 무기를 가지고 따로따로 전쟁을 계속했다. 우리 셋은 마치 짠 것처럼 서로 동선 한 번 겹치지 않았다.

혼자서 전쟁을 계속해가며 나는 엄마, 아빠의 숨겨진 모습들을 또 발견했다. 바로 엄마의 스케줄러와 아빠의 플로리스트 자격증이었다.

화장대에 꽂혀있던 엄마의 스케줄러엔 자리가 모자랄 정도로 스케줄이 가득했다. 바쁜 건 알았지만 이 정도로 바쁜 줄은 몰랐었다. 진짜 엄마 말대로 그 시간을 쪼개서 반조리 식품을 뜯어놓는 것도 대단했다. 서재에 있던 아빠의 자격증도 충격적이었다. 아빠가 꽃을 좋아하는 건 알고 있었지만, 그동안 몰래 공부해서 자격증까지 딸 정도로 꽃에 빠져있는 줄은 몰랐다. 엄만 몇 개 남은 화분마저 버리고 싶어 했고, 난 아빠가 꽃을 좋아하는 게 창피했는데. 아빠의 비상금은 아마도 이런 자격증을 따기 위해서였을 것이다.

나는 엄마의 스케줄러와 아빠의 자격증을 다시 그 자리에 얌전히 놔두었다. 그냥 그래야 할 것 같았다. 내 방에 들어와 보니 책상 위 일기장 위치가 살짝 바뀌어 있었다. 일기장엔 그동안 혼자였던 나의 외로움과 그래서 만났던 순혁이 이야기가 가득한데. 얼굴이 뜨거워졌다.

나는 마음이 이상했다. 그동안은 몰랐던 엄마, 아빠의 다른 모습을 본 것 같아 이상했고, 한 번도 말하지 않았던 내 마음을 보여준 것 같아 이상했다. 서로 미안하거나 고맙다거나 그러기엔 너무 낯 간지럽고 더 어색할 것 같았다. 그냥 이 이상하고, 복잡한 느낌을 없애기 위해 내가 할 수 있는 건 밤이 늦도록 바퀴를 잡는 일뿐이었다.

지잉. 책상 위에서 휴대폰이 울리는 소리가 들렸다. 언제 잠이 들었는지 기억은 안 나지만 나는 침대에 누워있었다. 우습게도 오른손엔 아직까지 살충제를 들고 있었다.

잠결에 휴대폰 문자를 확인했다. 보건소 문자였다. 나는 벌떡 일어나 거실로 나갔다. 엄마, 아빠도 한 손에 휴대폰을 들고나와 있었다. 우리 가족 모두 무사하다는 문자를 받았다.

"만세!"

나도 모르게 소리쳤다. 엄마도 아빠도 표정이 밝았다. 지잉, 지잉, 지잉. 휴대폰 세 개가 또 한 번 한꺼번에 울렸다. 보건소에서 온 두 번째 문자였다. 코로나는 아니지만 2주 동안은 집에서만 격리 생활을 해야 한다는 소식이었다. 이런. 우리 셋은 얼음이 되어

서로를 쳐다봤다. 어색함은 하루면 충분할 줄 알았는데. 그런데 그때, 거실에 검은 바퀴 한 마리가 슬금슬금 지나갔다. 순간, 나는 엄마, 아빠 눈이 반짝이는 걸 분명히 보았다. 나는 다시 살충제를, 엄마는 치약을, 아빠는 트랩을 들었다. 2주간의 전쟁 동안 우리는 또 무엇을 찾아낼 수 있을까. 서로를 쳐다보는 우리의 입가에 스르륵 웃음이 번졌다. 아직 우리의 전쟁은 끝나지 않은 것이다.

주인공에게 편지를 써보아요.

당선소감 김보미

처음 당선 소식을 듣자마자 떠오른 건 고마운 사람들의 얼굴들이었습니다. 나의 영원한 스승 아빠, 더할 나위 없이 뒷바라지해준 엄마, 감사합니다. 좋은 작품 쓰라고 날마다 기도해주신 시댁 식구들, 외삼촌네, 동생네, 모두 그 덕입니다. 늘 나의 첫 독자가 되어준 남편, 내 동화의 원동력이 된 해온, 시온, 고맙고 사랑합니다. 아낌없는 응원을 준 동쓰모 선생님들, 고독한 길을 함께 걸을 수 있어 행복합니다. 부족한 작품에 날개를 달아준 전남매일신문과 심사위원님, 나의 시작점이 되어주셨음을 잊지 않겠습니다. 그 밖에도 고마운 사람을 다 헤아리자면 오늘 밤을 새워도 모자랄 것 같습니다. 당선 소식에 감사했고, 또 난 참 복을 많이 받은 사람이란 생각에 또 한 번 감사했습니다.

동화는 저에게 달콤한 사탕 같기도, 뱉어낼 수 없는 쓴 약 같기도 했습니다. 처음엔 그냥 재밌어서 쓰기 시작했는데 쓰다 보니 잘 쓰고 싶고, 그러다 보니 한 문장 쓰는 것조차 힘들어지는 순간이 있었습니다. 너무 괴로워 포기하려던 순간, 나에겐 쓰지 않는 것이 괴롭게 쓰는 것보다 더 힘들다는 걸 깨달았습니다. 그 잔혹한 운명을 받아들이는 순간에야 나에게 동화라는 문이 온전히 열리기 시작했습니다. 흰머리와 주름살이 늘어도 영원히 어린이로 살 수 있는 행복을 어디서 얻을 수 있을까요. 때로는 갑갑하고, 내 맘대로 되지 않는 세상에서 내가 원하는 모든 걸 만들 수 있는 행운을 어디서 얻을 수 있을까요. 동화를 쓸 수밖에 없는 운명을 주심에 또 한 번 감사하며 지치지 않고 나아가겠습니다.

전쟁 중에는 더 많은 동화가 필요하다

전년보다 늘어난 응모작들을 하나씩 읽다가 문득 가슴이 서늘해지곤 했다. 동화는 상처를 아물게 하는 치유와 성장의 문학인데 고단하고 냉엄한 현실이 여지없이 반영된 작품들이 곳곳에서 눈에 띄었기 때문이다. 어른들에게도 버거웠던 지난 한 해는 아이들에게 더한 아픔을 주고 흉터를 남겼다. 이 또한 기억하고 준비하면 미래를 위한 백신이 될 테니 동화가 안아야할 숙제인 건 분명하다.

다양한 작품을 읽는 재미가 있었지만 뜻밖에 자기 작품의 장점을 못 보는 경우가 종종 있어 아쉬웠다. 주저 없이 세 작품을 본심에 올렸는데 저마다 장점이 뚜렷한 작품들이다.

〈내 이름을 불러줘〉는 따돌림당하는 친구를 위해 일어서는 소녀를 그렸는데 5 · 18의 상처를 술로 달래는 할아버지의 사연이 무거워 이야기의 중심이 기울어진 듯했다.

〈나만의 자세로〉는 발이 큰 소녀의 이야기인데 소재가 독특하고 장악력도 뛰어나 읽는 재미가 있었다. 다만 같은 왕따 처지이면서도 굴하지 않고 방향을 제시하는 사촌이 혼자일 때와 친구들 사이에 있을 때가 달라 보이는 시차를 해결했으면 좋겠다.

〈어색한 전쟁〉은 코로나19 검사를 받고 결과를 기다리며 격리에 들어간 가족들이 서로의 문제를 발견하지만, 공통의 문제에 직면해 서로 인정하고 의지하여 극복하는 과정이 유쾌하게 그려졌다. 당대를 급히 반영하려다가 소재에 매몰되는 경우가 많은데 이 작품은 우리 사회에 지금 필요한 것을 아이들의 눈높이에 맞춰 솜씨 좋게 동화로 풀어냈다.

장점이 더 많은 〈어색한 전쟁〉을 당선작으로 선정하며 당선자에게 축하를 보낸다. 다른 응모자분들께도 아픈 만큼 더 많은 동화가 필요한 시대의 부름에 화답해 주시기를 부탁드린다.

심사위원 김남중 동화작가

전북일보

전 소 현

1998.1.20 대구 서구 평리동 출생

2021.2 한양여자대학교 문예창작과 졸업 예정

2021 〈전북일보〉 신춘문예 동화부문 당선

이메일 bs980120@naver.com

괴물 아이

전소현

나는 괴물이다. 괴물이 되어버린 건 열두 살 무렵이었다. 밤마다 왼쪽 가슴 언저리가 웃음이 날 정도로 간지러웠다. 어느 날부터, 왼쪽 가슴엔 초록색 털이 자랐다. 그리고 그 털은 점점 자랐고, 학교 운동장에 있는 잔디와 같아졌다. 엄지손가락 마디의 길이였는데, 가위로 잘라도 잘라도 계속 자라났다. 엄마는 나를 데리고 피부과부터 시작해 온갖 병원을 다 데리고 다녔다.

"선생님, 우리 아이가 이상해요."

"알 수 없지만, 건강엔 이상이 없습니다."

한숨만 푹푹 내쉬는 엄마와 달리 열두 살의 나는 기뻤다. 만화에서 보던 영웅이 변신했을 때의 모습처럼 나도 변신을 하는 것 같았다. 이 영웅의 증표를 친구들에게 가서 보여줄 생각에 신이나 설레하던 전날 밤을 기억한다. 다음 날 입고 있던 티셔츠를 짠하며 벗었다. 친구들의 표정은 제각기였다. 감탄이 섞인 소리도 들렸고 만져보는 친구들도 있었다. 그때 뒤에서 누군가 괴물이야 라고 외쳤다. 이건 괴물이 아니라 영웅의 증표였는데, 괴물 소리가 점점 커졌다.

"괴물이다. 괴물. 몸에서 이상한 게 자라는 괴물이 나타났다."

아이들은 잔뜩 신이 난 듯 복도를 뛰어다니며 괴물이라고 했다. 그때부터 나는 이곳저곳에 끌려다녀야 했다. 나를 모르는 사람이 내 옷을 멋대로 벗겨내려고 했고, 모르는 사이 내 사진이 찍혀 돌아다녔다. 엄마는 내 팔을 붙잡고 울면서 나를 때렸다. 뭐가 자랑이냐고, 그걸 왜 보여주냐며 나를 혼냈다. 집 앞에는 카메라를 든 어른들이 나를 찍으려고 애썼다. 학부모들은 나를 전염병이 걸린 사람처럼 학교 밖으로 쫓아내자고 회의를 했다. 텔레비전에선 나를 괴물 아이라고 소개했다. 아, 나는 영웅이 아니라 괴물이었구나.

방에서 나와 거실로 향했다. 거실에 있는 가위를 들고 화장실로 들어갔다. 화장실 세면대에 올라가 옷을 벗고 그 괴물의 증표를 잘라냈다. 아무리 잘라도 끝에 남아 있는 것까지는 자르기가 힘들었다. 가위를 던지고 손으로 벅벅 긁었다. 긁어도, 잡아 당겨봐도 사라지지 않았다. 너는 절대 괴물에서 벗어날 수 없다는 듯이. 피가 새어 나왔다. 피가 초록색의 잎을 빨갛게 적셔갔다. 엄마가 화장실 문을 열고 들어왔다. 화장실 안에 엄마의 울음소리와 나의 고함이 한 데 섞여 울려지고 있다.

전교생이 30명도 채 되지 않는 곳에 전학을 갔다. 만화방, 오락실이라곤 전혀 보이지 않는 시골 동네였다. 6학년은 나까지 총 다섯 명이었다. 전학 첫날 선생님 손을 잡고 반으로 걸어갔다. 바닥만 보고 걷다 보니, 어느새 반 앞에 도착해있었다. 교실에 들어서도 나는 바닥만 보았다. 서울에서 전학 온 아이라고 말한 뒤 선생님은 자기소개를 시켰다. 그냥 대충 고개를 숙이고 이름을 말했다. 잠깐의 정적 뒤 박수 소리가 들렸다. 창가 빈자리에 앉았다. 종례시간이어서 다행이라는 생각과 동시에 앞으론 어떻게 해야 할지 막막했다.

다음 날, 운동장에서 얼핏 어제 반에서 봤던 애 중 하나와 마주쳤다. 시선이 마주치자마자 가던 발걸음을 반대편으로 돌렸다. 심장 소리가 귓가에 쿵쿵 울렸다. 뛰면 뛸수록 심장 소리가 더 커졌다. 숨이 차올라 그대로 바닥에 주저앉았다. 숨을 크게 들이쉬니 특유의 짠 향이 느껴졌다. 고개를 들어보니 바다가 있었다. 심장 소리가 점점 작아지고 파도치는 소리가 크게 들렸다.

실내화 가방을 대충 모래사장에 던지고 그 위에 앉았다. 불안함에 요동치는 내 마음과 달리 파도는 점점 고요를 되찾았다. 엄마한테 지금쯤이면 전화가 갔으려나. 내가 없어진 건 아무도 모르겠지. 이제 어떡해야 하지. 왜 나는 괴물이 되었을까. 꼬리에 꼬리를 물고 불안한 생각들이 이어졌다. 머리를 잔뜩 굴리고 있을 때 뒤에서 누가 걸어오는 소리가 들렸다. 소리가 내가 있는 쪽과 점점 가까워져 고개를 들었다.

"왜 나보고 도망쳐?"

아까 운동장에서 봤던 그 애였다. 나도 모르게 몸이 뒤쪽으로 기울어졌다. 그런 나를 보고도 그 애는 평화로운 표정으로 내 옆에 앉았다. 왜 나를 뒤 따라온 건지 궁금한 것보다 그냥 무서운 감정이 들었다. 옆을 힐끔 봤는데 그 애는 바다에만 시선을 두었다. 아무 말도 오가지 않는 그 애와 나 사이엔 기러기 소리, 파도 소리가 전부였다.

"나 너 알아. TV에서 봤어."

그 애가 정적을 뚫고 말을 했다. 갑자기 들려온 말에 나도 모르게 어쩌라고 소리를 질렀다. 그 애가 그제야 나에게 시선을 두었다. 그 애의 눈엔 벌겋게 변해버린 내가 담겨 있을 것 같았다. 몇 겹을 껴있음에도 불구하고 혹시나 괴물의 증표가 옷을 뚫고 튀어

나올까 무서워 손으로 가렸다. 잔뜩 웅크린 나와 달리 그 애는 갑자기 옷을 벗기 시작했다. 소매를 걷더니 이내 눈앞으로 그 애의 팔이 다가왔다.

"이것 봐. 멋지지 않아?"

그 애의 팔엔 검은색의 반점이 가득했다. 누가 봐도 눈이 찌푸려질 모습이었는데 그 애는 자랑이라도 된다는 듯이 뿌듯한 표정을 지었다. 만져보지 않겠냐고 그 애가 제안했다. 뭐에 홀린 듯이 손을 그 애의 팔에 갖다 댔다. 보기와 달리 피부가 훨씬 매끈거렸다. 그 애가 나를 보고 싱긋 웃었다.

"이건 아무나 가질 수 없는 거야. 엄마가 그랬어. 내가 사랑해줄수록 더 예뻐질 거라고."

"너한테 생긴 것도 마찬가지일 거야. 지금도 예쁘겠지만 네가 사랑해주면 사랑해줄수록 더 빛날 거야."

처음으로 누군가가 가슴에 생긴 것을 예쁘다고 말해 주었다. 왼쪽 가슴이 뜨겁고 간질거렸다. 마치 처음 잔디가 폈을 때처럼. 금방이라도 그 속에서 해바라기가, 장미가 예쁘게 피어날 것 같았다. 그 애가 나에게 손을 내밀었다. 이제 학교에 가자고. 아마 다들

기다릴 거라고 말해 주었다. 내민 손을 붙잡았다. 우리의 손 사이에 있는 모래가 서걱거렸다.

내가 글 속으로 들어가 주인공이 된다면?

당선소감 전소현

병아리는 삐약삐약 우는 게 맞아.

근데 모두가 삐약삐약 같은 색으로 우는 건 아니야.

어떤 친구는 연한 파스텔색의 노란색처럼 약하게 우는 친구도 있고, 몇 번을 덧댄 샛노란 색처럼 힘차게 우는 친구도 있어.

닭은 꼬끼오하고 우는데 여름날 올챙이들이 보이는 시냇물처럼 소리가 맑아. 근데 간혹가다 흙탕물같이 지저분한 소리가 나는 닭이 있긴 해.

남들보다 늦은 나이에 입학한 대학에서 처음으로 쓴 글의 한 부분이다. 주인공이 청각 장애인에게 소리를 표현해주는 장면이었다. 겪어보지 못한 것들을 표현하는 건 언제나 어려운 일이다. 이날도 좀처럼 써지지 않는 글을 부여잡고 답답해하던 것이 기억난다. 그래도 답답한 순간의 연속인, 글 쓰는 일을 포기하지 않았더니 당선이라는 좋은 순간도 찾아왔다. 앞으로도 조금 느릴 수도 있지만 꾸준하게 걸어가면서 이런 좋은 기회들을 놓치지 않았으면 좋겠다.

항상 따뜻한 이야기를 하고 싶고, 그 전에 따뜻한 사람이 되고 싶다. 남들보다 먼저 가장 가까이에 있는 가족들, 친구들에게 따뜻하고 다정한 사람이 될 수 있도록 부단히 노력할 것이다.

좋은 순간을 맞이할 수 있게 기회를 주신 최형미 교수님, 여러 방면에서 도움이 되어주시는 양연주 교수님 감사합니다. 또 누구보다 기뻐해 준 엄마를 비롯한 가족들, 친구들, 동기들에게도 감사를 전합니다. 따뜻한 말 전해주신 모든 분께 다시 한번 감사합니다.

심사평

뛰어난 상징과 심리묘사, 흡입력 강해

예심을 거쳐 5편의 작품이 본심에 올랐다.

'매일매일 만 천 원'은 '무럭무럭 꿈 카드'로 생활하는 아이의 이야기다. 상징으로 끌어들인 모래바람이 주인공의 삶을 대변해서 좋았으나 작품에 제대로 녹이지 못해 서걱거렸다.

'다시 쓴 일기'는 현실과 판타지를 넘나들며 쌍둥이 동생을 구하는 이야기로 판타지의 통로가 선명하지 못했다. 사건이 심적인 변화를 일으킬 만한 게 아니어서 설득력이 떨어졌다.

'늑대의 담력 테스트'는 겁 많은 두 아이가 엄마를 지키기 위해 고군분투하는 이야기다. 문장의 비유적 표현은 새로웠으나 이야기의 소재와 내용이 평이해서 기대치에 못 미쳤다.

'나는 빛'은 뱀을 의인화한 동화로 뱀이 적극적으로 자신의 꿈을 실현해가는 과정을 특별한 갈등이나 긴장감 없이 반복적으로 그려서 흥미를 반감시켰다.

'괴물 아이'는 뛰어난 상징과 심리묘사로 흡입력이 강해서 단숨에 읽어 내려갔다. 현재 아이들이 겪고 있는 차별과 따돌림을 괴물이라는 상징을 통해 이야기를 실감 나게 이끌어간 점이 돋보여 당선작으로 뽑았다. 팔에 검은 점이 가득한 캐릭터가 자신을 당당하게 드러내는 모습을 멋지게 표현한 부분 또한 인상적이었다. 현실적으로 주인공과 비슷한 고통을 겪는 어린이들이 위로를 받을 수 있는 동화의 따뜻한 결말도 좋았다. 다만 사건보다 심리묘사에 치중하다 보니 전개가 단조로운 점이 아쉬웠다.

당선을 축하하며, 응모해 주신 예비작가들에게 격려와 응원을 보낸다.

심사위원 박예분 아동문학가

한국일보

성욱현

1994년 밀양 출생, 유칼립투스를 키우는 부모님 밑에서 자랐지만, 대부분의 꽃 알레르기를 가지고 있다. 현재, 겨울을 지나 어두운 방을 나설 준비 중이다.
2021 〈한국일보〉 신춘문예 동화부문 당선

dnrgusdp@naver.com

현우의 동굴

성욱현

현우의 아빠는 바쁩니다. 일주일에 세 번은 밤에 일을 나가, 이른 점심에 돌아옵니다. 그런 날 현우는 혼자 잠을 자야 합니다.

현우는 잠을 잘 때 텔레비전을 켜 놓습니다. 불도 끄지 않습니다. 무섭기 때문입니다. 이불을 펼치고 눕자 싱크대 아래가 보입니다. 현우가 몸을 뒤집습니다. 어두운 구석에서 지네가 기어 나올 것 같습니다. 현우는 몸을 바로 하고, 천장을 바라봅니다. 형광등 뒤편에서 박쥐가 고개를 내밀 것 같습니다. 불을 환하게 켜 놓아도 어두운 곳은 집 안 구석구석에 있습니다.

방 건너에서 목소리도 들려옵니다. 누군가 계단을 오르는 소리도 들립니다. 변기 물 내리는 소리, 세탁기 돌아가는 소리, 멀리서 개 짖는 소리도 들려옵니다. 메아리처럼 집안을 맴도는 소리는 밤이 되면 더 잘 들립니다. 현우가 이불을 머리끝까지 뒤집어 써봐도 그 소리는 사라지지 않습니다. 집이 꼭 동굴 같습니다.

텔레비전에선 뉴스가 나옵니다. 사람이 나오고 말만 한다면 어떤 프로그램이든 상관없습니다. 그런데 사이렌 소리가 들리더니, 심각한 목소리가 들려옵니다.

"긴급 속보입니다. 지리산국립공원에서 곰이 탈출했다고 합니다. 주민 여러분께서는 외출을 삼가시기 바랍니다."

현우는 텔레비전을 끕니다. 괜히 더 무서워졌습니다. 억지로 잠을 자려고 해 봅니다. 그런데 곰이 탈출했다, 곰이 탈출했다, 곰, 곰. 하는 생각이 끝없이 머리를 맴돕니다. 그러다, 현우는 좋은 생각이 납니다.

학교에서 동굴에 살던 곰이 사람이 되었다는 이야기를 들은 적이 있습니다. 그렇다면 사람도 곰이 될 수 있지 않을까요? 곰이 된다면 동굴 같은 집이 무섭지 않고 오히려 아늑할 겁니다.

현우는 답답한 이불을 걷어버립니다. 양손을 뻗습니다. 곰은 이불이 필요 없습니다. 현우는 이를 드러내 봅니다. 곰은 무서운 게 없습니다. 현우는 숨을 잔뜩 들이쉽니다. 소리를 질러 봅니다.

"우워워!"

쿵쿵!

옆집 아저씨가 소리칩니다.

"시끄러워!"

현우는 지지 않고 가슴팍을 내밉니다. 다리를 잔뜩 벌리고 손을 머리 위로 치켜들고 소리칩니다. 동굴에 침입한 불청객을 내쫓는 곰처럼.

"우워어어!"

쾅쾅!

아랫집 아줌마입니다.

"지금이 몇 신 줄 알아? 잠 좀 잡시다!"

쿵쿵!

쾅쾅!

천둥이 치는 것처럼 쿵쾅쿵쾅!

모두가 현우를 나무랍니다.

평소 같으면 얌전히 이불 속에 숨겠지만 현우는 지지 않고 고함을 지릅니다.

"나는 곰이다, 우워어어어!"

그런데 좀 이상합니다. 쿵쾅거리는 소리가 점점 다가옵니다. 소리는 점점 가까워집니다. 누군가 현우 집 앞에 섭니다.

"당장 문 열어!"

현우는 깜짝 놀라 문 앞으로 달려갑니다. 설마 너무 시끄럽다고 혼을 내러 온 옆집 아저씨일까요? 아니면 종종 술에 취해 집을 잘못 찾는 아랫집 아줌마일까요? 얌전히 자겠다고 말하면 돌아갈지도 모릅니다. 그런데!

"우워어어어!"

현우의 입에서 나온 소리는 말이 아닙니다. 아니, 정확히 곰의 말입니다.

"역시, 여기 숨어 있었구나!"

"우워?"

"곰 사냥꾼이 곰을 무서워할 줄 알고?"

사냥꾼이 현관을 쾅쾅 두드립니다. 현우는 재빨리 안전걸쇠를 걸려고 합니다. 안전걸쇠가 잘 잡히지 않습니다. 현우의 손이 조금 이상합니다.

복슬복슬한 털이 손등을 뒤덮고 있습니다. 몽땅한 손가락 끝에 긴 손톱이 나 있습니다. 현우는 몸을 내려다봅니다. 온몸에 갈색 털이 돋아 있습니다. 새까만 검은 발톱이 자라 있습니다. 현우는 정말로 곰이 되어버린 겁니다.

"새끼 곰을 생각해봐. 어두운 산속에서 벌벌 떨며 널 기다리고 있어. 얌전히 산속으로 돌아가라고!"

"우워어!"

현우는 웃기는 소리 하지 말라고 외칩니다. 현관문이 잘 잠겨 있으면 현우는 안전할 겁니다.

"네가 그렇게 나온다면 어쩔 수 없지!"

철컥. 쾅!

총소리가 났습니다.

현관문에 구멍이 뚫렸습니다. 현관문이 열립니다. 회초리처럼 긴 총을 든 사냥꾼이 현관에 서 있습니다.

"우워어어."

저는 곰이 아니라 현우라는 아이라고요. 현우는 그렇게 말하고 싶었습니다. 사냥꾼은 현우의 말을 알아듣지 못합니다.

현우는 양손을 젓습니다. 그러자 사냥꾼은 현우를 향해 총을 겨눕니다. 현우의 모습이 위협하는 곰처럼 보였나 봅니다.

그때 총 끝에서 연기가 피어오릅니다. 사냥꾼은 당황한 표정으로 총 끝을 확인하더니 바닥에 버립니다. 재빨리 뒷주머니에서 올가미를 꺼냅니다. 올가미를 머리 위로 돌립니다. 휙휙 돌아가는 올가미가 원을 그립니다.

이대로 당할 수 없습니다. 현우는 자세를 잡습니다. 곰이 돼버렸으니 네발로 땅을 딛는 게 편합니다. 현우와 사냥꾼은 서로의 눈치를 봅니다. 식탁을 사이에 두고 뱅글뱅글 돌기 시작합니다.

사냥꾼이 막 부엌을 지날 때 올가미를 현우에게 던지려고 합니다. 그때 싱크대 밑에서 지네가 기어 나옵니다. 사냥꾼은 깜짝 놀라 펄쩍 뜁니다. 선반에서 박쥐가 날아옵니다. 사냥꾼은 당황해서 올가미를 놓치고 식탁 아래로 숨어버립니다.

현우는 재빨리 올가미를 멀리 던집니다. 벌벌 떨고 있는 사냥꾼이 숨은 식탁 주위를 어슬렁어슬렁 돌기 시작합니다. 현우는 의기양양해집니다. 동굴에선 곰이 가장 강합니다. 동굴은 곰에게 가장 안전한 장소입니다.

식탁을 돌고, 돌고, 또 돌다가, 현우는 배가 고파집니다. 식탁 위에는 아빠가 준비해 놓은 아침 식사가 있습니다. 현우는 침을 꿀꺽 삼킵니다. 현우가 다가가자 사냥꾼이 비명을 지릅니다.

"날 잡아먹는다면 또 다른 사냥꾼이 널 쫓을 거야!"

쿵쾅쿵쾅!

"이 밤에 왜 이렇게 시끄러운 거야. 당장 조용히 하지 않으면 경찰에 신고할 거야!"

"저것 봐. 네가 도망친 바람에 모두 밤잠을 설친다고! 난 사냥꾼으로서……."

현우는 긴 발톱을 긴 주둥이 앞에 가져다 댑니다. 조용히 하라는 신호입니다. 현우의 날카로운 발톱을 본 사냥꾼은 식탁 아래에서 바들바들 몸을 떱니다.

"무서워. 곰이 무서워. 난 사실 곰이 무서웠어."

사냥꾼이 얼굴을 무릎 사이에 묻습니다.

그 모습을 본 현우는 책상에서 색연필을 찾습니다. 현우는 색연필로 바닥에 글을 적으려고 합니다. 바닥에 낙서하면 아빠에게 혼나겠지만 어쩔 수 없습니다. 넓적한 앞발로 색연필을 쥐기 어렵습니다. 삐뚤빼뚤 글을 씁니다.

–그렇게 무섭다면 아저씨도 곰이 될 수 있어요. 저도 그랬는걸요.

사냥꾼은 물끄러미 현우가 쓴 글을 바라봅니다.

사냥꾼은 곰이 되는 상상을 합니다. 그러자 사냥꾼의 팔에서 검은 털이 숭숭 돋기 시작합니다. 사냥꾼의 두꺼운 입술이 점점 부풀더니 길쭉한 주둥이가 됩니다.

"우워어어. (내가 곰이 돼버렸어.)"

"우워. 우어워. (그래요. 저도 그렇게 곰이 된 거예요.)"

둘은 말이 통합니다. 사냥꾼은 식탁 밖으로 나와 네발로 걸어봅니다. 두 발로 서 보기도 합니다. 하지만 네 발이 더 편한지 금세 땅을 딛습니다. 원래는 손이었던 발로.

"우워. 우워어. 우워워. (큰일이야. 곰이 되어버렸으니. 도망친 곰을 찾지 못하면 다른 사냥꾼이 우릴 쫓을지도 몰라.)"

다른 사냥꾼이 온다면 또 쫓아버리면 됩니다. 그보다는 현우는 혼자 남은 새끼 곰이 신경 쓰입니다. 어두운 곳에 혼자 남겨진 기분을 현우는 잘 알고 있습니다.

"우어어. 우워워! (제가 곰 찾는 걸 도와드릴게요. 곰이 되었으니 말이 잘 통할 거예요!)"

현우는 곰을 찾기 위해 집을 나서려 합니다. 그런데 곰이 된 사냥꾼이 식탁 아래로 쏙 들어갑니다.

"워어, 우워어. 우워어어. (왠지, 이 동굴 밖으로 나가고 싶지 않아. 난 이제 곰이지 사냥꾼이 아닌걸.)"

사냥꾼을 억지로 끌고 나갈 수는 없습니다. 현우는 어쩔 수 없이 혼자 밖으로 나갑니다. 어디선가 개 짖는 소리가 들려옵니다.

계단에 개 한 마리가 앉아있습니다. 사냥꾼의 개입니다. 저 개가 곰의 냄새를 쫓아 현우의 집으로 온 것입니다. 개는 곰이 된 현우를 보고 컹컹 짖더니 멀리 달아나 버립니다.

현우는 개를 쫓아 달리기 시작합니다. 네발로 달립니다. 개를 거의 따라잡았을 때, 개가 다리 밑으로 도망갑니다. 현우는 언덕을 내려갑니다. 다리 밑에서 개가 벌벌 떨고 있습니다. 개는 앞으로 가지도 뒤로 가지도 못하고 낑낑댑니다. 오줌을 싸버립니다.

다리 밑에서 불쑥 곰 한 마리가 나옵니다. 아니, 사람 한 명입니다. 긴 주둥이에서 침이 뚝뚝 떨어집니다. 둥근 귀가 쫑긋쫑긋 움직입니다. 그런데 두 발로 서 있습니다. 머리는 곰인데 몸은 사람입니다.

"넌 어디서 탈출한 곰이니?"

"우워우워!"

"곰으로 변한 사람이라고?"

곰 머리 아저씨는 현우의 말을 잘 알아듣습니다. 사람처럼 고개를 끄덕이며 현우의 이야기를 들어줍니다.

"하긴 곰도 사람이 되었는데 사람이 곰이 될 수도 있지. 뭐? 곰을 돌려보내야 한다고?"

곰 머리 아저씨는 고개를 휘휘 젓습니다.

"싫어. 그 좁은 산으로 돌아갈 생각은 없어. 매일 밤 총을 들고 나를 감시하는 사람들도 지긋지긋해!"

곰 머리 아저씨가 산을 탈출한 곰이었습니다.

"날 기다리는 새끼 곰이 있다고? 어쩔 수 없어. 그 애는 어두운 걸 무서워해 변신하지 못하는걸."

현우는 곰 머리 아저씨의 말에 화가 났습니다. 꼭 현우의 아빠 같습니다. 혼자 자는 게 무서워 아빠를 따라가면 안 되냐고 할 때마다 아빠는 현우를 혼냈습니다. 다 큰 애가 밤이 뭐가 무섭냐고,

현관문을 쾅 닫고 출근했습니다.

"당장 돌아가지 않으면 혼쭐을 내준다고?"

곰 머리 아저씨는 현우를 비웃습니다.

"동굴에선 곰이 제일 무서울지 몰라도, 동굴 밖에선 사람이 제일 무서운 법이야!"

쿵!

그때, 큰 소리가 납니다. 쓰레기차가 쓰레기를 담는 소리였습니다.

곰 머리 아저씨는 가느다란 두 팔로 둥근 귀를 막으며 도망칩니다. 다리 밑으로 쏙 들어갑니다. 식탁 아래 숨은 사냥꾼처럼 몸을 웅크립니다. 무릎 사이에 고개를 묻습니다.

"안전한 동굴을 찾을 수가 없어. 동굴을 찾으면 아이를 데리고 나오려고 했단 말이야. 그 사냥꾼이 쫓아오지만 않았어도 동굴을 찾을 수 있었을 텐데. 총소리가 어찌나 무섭던지. 결국 동굴과 비슷한 다리 밑에서 변신했더니 이렇게 반만 사람이 되어버렸어."

현우는 조심스럽게 다리 밑으로 들어갑니다. 다리 밑으로 들어오니 곰 머리 아저씨의 말을 이해할 수 있습니다. 만약 이 다리가 동굴이었다면 왠지 더 아늑했을 겁니다. 곰이 되어보니 알게 된 사실입니다. 곰 머리 아저씨를 위로하기 위해 넓적한 앞발로 어깨를 조심스럽게 톡톡 두드립니다. 현우 집이 꼭 동굴 같은데. 현우에게 좋은 생각이 떠올랐습니다.

"우워어어!"

현우의 말에 곰 머리 아저씨가 고개를 듭니다.

현우는 곰 머리 아저씨를 데리고 현우의 동굴로 돌아옵니다. 식탁 아래에 곰이 된 사냥꾼이 있습니다. 현우는 사냥꾼에게 다가가 귓속말을 합니다. 사냥꾼이 고개를 끄덕입니다.

곰이 된 사냥꾼은 재빨리 총을 등 뒤로 숨깁니다. 곰 머리 아저씨는 송곳니가 보이지 않도록 입을 앙, 다뭅니다. 곰이 된 사냥꾼이 자리를 비켜주자, 곰 머리 아저씨는 식탁 아래로 들어갑니다. 둘은 나란히 앉습니다. 꼭 작은 동굴 안에 있는 곰 두 마리 같습니다. 현우는 사이를 비집고 들어갑니다. 곰 세 마리가 함께 하기엔 식탁 아래는 좁지만 따듯합니다.

신나는 밤이었습니다. 집안을 정리하기에 현우는 너무 피곤합니다. 현우는 순식간에 잠들어 버립니다.

문이 벌컥 열리는 소리에 현우가 잠에서 깨어납니다.

현우가 양팔을 들고 소리칩니다.

"우워어어!"

현우는 달려가 아빠 품에 안깁니다.

"너는 왜 또 식탁 아래에서 자고 있어?"

아빠는 현우를 꼭 안아주다 집 안을 둘러보더니 혼을 냅니다. 집안은 엉망입니다. 현우는 말없이 웃고만 있습니다. 아빠는 현우 말을 알아듣지 못할 겁니다. 아마 사람 말로 해도 알아듣지 못할 게 뻔합니다.

어쨌건 현우는 이제 일주일에 삼일 정도는 혼자 잘 수 있습니다. 동굴 같은 집이 무섭다면 또 곰이 되면 되니까요. 그저 너무 피곤하지 않을까 걱정입니다. 현우의 동굴 앞으로 매일 밤 긴 줄을 설 겁니다. 곰이 무서워 곰이 되고 싶은 사냥꾼이나, 사람이 무서워 사람이 되고 싶은 곰들이.

글을 읽고 내 생각을 적어보아요.

당선소감 성욱현

시작과 맺음이 있다면 무엇이든 간단한 이야기로 여기던 때가 있었다. 그때 내 삶은 거침없이 수면을 가르는 조약돌처럼 단단했다. 망설임 없이 날았고 튕겼고 잠겼다. 세상을 바라보는 내 단상이 그랬다. 조약돌이 아득하게 늘어서 있는 호숫가에 홀로 서 있는 것이다. 눈을 돌리면 아득한 개수의 조약돌과 마주하는 것이다.

아직 던져야 할 돌이 끝없다. 파문이 끊이지 않는 삶 속에서 그렇게 난 고요했다. 시작과 맺음이 있는 이야기가 끝없이 날아오른다. 그런 생각을 하면 감당할 수 없는 삶도 깊고 고요한 하루 속으로 가라앉았다. 고요 속에서 치열하게, 고독하게 글을 썼다. 불행했다.

그러다 동화를 만났다. 나는 이제 아무도 몰래 돌을 주워 주머니에 담는다. 나를 위한 글을 쓴다. 호숫가를 서성이는 치열하고 고독하고 불행한 아이를 위해 쓴다. 잠기는 삶이 아니라, 조금 불편하고 딱히 쓸 곳도 없겠지만 주머니 속에 담고 싶은 삶을 보여주고 싶다. 나는 그들과 함께 주머니를 두둑이 챙겨 호숫가를 벗어날 거다.

유칼립투스를 키우는 어머니와 로봇 팔의 마음을 그리는 아버지. 그들이 내 꿈에 보낸 애정처럼 나도 그들의 꿈에 애정을 보낸다. 내 삶의 강과 같은 삼촌과 숙모들. 어린 시절, 강변에서 커다란 돌덩이를 달궈 삼겹살을 구워 먹은 날을 생생히 기억한다. 내 동화에 밝은 점이 있다면 그들의 모습이다.

동화에 흥미를 느끼게 해주신 박덕규 교수님, 삶을 대하는 태도를 알려주신 최수웅 교수님께 감사드린다. 김리리 작가님께 많은 배움을 얻었다. 작가님의 한마디가 내 문학관을 바꾸었다. 그리고 김지현. 그녀와 나눈 합평은 즐거운 기억이다. 글이 미워질 때마다 그 시절 늦은 밤들을 떠올린다. 심사를 맡아 주신 분들께도 감사를 전한다. 이제 시작이란 것을 잘 안다. 부름에 답하겠다.

곽효정, 김지은. 동화를 함께 쓰자는 그들의 말이 나를 이끌었다. 그들의 열정과 활기를 존경한다. 우리 뱅글라스가 곧 환히 빛날 것을 의심하지 않는다. 책방 허송세월의 사장이자 나의 유일한 선배 최진형, 항상 좋은 합평을 해주시는 이유정 님과 심화반 동료들, 내 문학의 고향 아순시온 문우들, 터키의 푸른 어른들. 나의 아픔 나의 해. 모두 잊을 수 없다.

신춘문예 소감의 마지막 문단은 오래 품고 있었다. 아직도 그가 건넨 편지를 외우고 있다. 이 문장이 나를 울게 했다.

'그게 쉬운 길인지, 어려운 길인지, 좋은 길인지, 나쁜 길인지, 따지지 않고 응원을 보낸다.'

나는 문장을 씹고 또 씹었다. 그렇게 걷고, 달리고, 등단했다. 지면을 빌려 그에게 받은 문장을 갚는다.

'사랑하는 나의 누나. 나의 작은 테오. 누나 덕분에 나는 수유의 어두운 골방 속 작은 고흐였었지. 내 글은 누나 거야. 나는 누나의 동생이야.'

"도시의 주택에서 혼자 밤을 보내야 하는 아이의 두려움에 깊이 공감한 작품"

어린이를 둘러싼 미디어 환경이 급변하고 있다. 2020년을 살아가는 어린이들의 삶과 정서가 동화의 중심에 놓여야 할 것이다. 태평한 회상형의 서사는 어린이와 진지한 접점을 만들기 어렵다. 문제를 바라보는 시각, 접근 방식, 접근 지점 등에서 새로움을 발견하기 어려운 작품이 많았다. 그런 가운데 어린이의 독립적인 시선을 잘 관찰하고 당면 현실을 고심한 작품들을 발견할 때면 반가운 마음이 들었다. 몇몇 작품은 날카로운 상상력이 돋보였으나 아직 이야기의 구조를 안정적으로 구축하지 못하여 아쉽게 내려놓았다. 그럼에도 익숙한 관례에 기댄 작품보다는 이러한 도전을 기다린다. 더욱 용기를 내도 좋을 것이다.

'찌릿찌릿'은 전기 인간의 정체를 다룬 글감과 구성이 흥미롭고 문체도 안정적이었다. 그러나 아이들이 지켜보는 가운데 주인공이 벌이는 행동이 과하다는 느낌을 지울 수 없었다. 그리고 다시 가짜 초능력자 사냥꾼이 되는 것이 결말이라면 주인공은 지난 과정을 통해서 무엇을 얻게 된 것일까. 찌릿이 학교를 떠나게 된 사건을 너무 낭만적으로 다루려고 한 것은 아닌지 의문이 들었다.

'참 재미있었다'는 자신을 솔직하게 드러낼 수 없는 아이의 마음을 일기장이라는 소재로 다룬 작품이다. 일기를 소재로 한 동화가 많지만, 이 동화는 인물의 질문이 정직하고 방식이 신선했다. 다만 서사의 흐름과 잘 연결되지 않는 에피소드와 결말로 인해 이야기의 초점이 흐려졌고 감동도 반감되었다. 좀 더 정리한다면 좋은 작품이 될 가능성이 보였다.

'현우의 동굴'은 도시의 주택에서 혼자 밤을 보내야 하는 아이의 두려움에 깊이 공감한 작품이다. 어린이의 공포를 자극적으로 표현하지 않았으나 인물이 놓여 있는 동굴같은 컴컴한 공간의 이미지와 막막한 느낌은 고스란히 살아있다. 이 감정을 곰이 되다 만 사람과 사람이 되다 만 곰의 만남으로 연결시킨 작가의 역량이 돋보인다. 옛이야기의 화소를 적절히 들여오면서도 어린이와 동물의 고립감으로 재해석하는 방식은 매우 현대적이다. 따라서 이 작품을 당선작으로 결정했다.

누군가에게는 이 작품이 최초의 문학일 수 있다. 그 작품이 자라는 한 사람에게 안겨줄 영향을 깊게 생각하는 작품들이 더 많이 등장하기를 바란다.

심사위원 임정자 동화작가 · 김지은 아동문학평론가

동시

강원일보

장 두 현

시인, 수필작가
2021 〈강원일보〉 신춘문예 동시부문 당선
doo5085@naver.com

개구리 구슬치기

장두현

개구리가 연잎 위에서
구슬치기 놀이를 한다
자, 받아라
잘 못 튀긴 구슬이
그만 연못에 퐁당 빠져버렸네

개구리가 구슬을 찾겠다며
물속으로 첨벙 뛰어들었는데
어디 있는지 못 찾겠다고
개굴개굴
지금껏 울고만 있습니다

유채꽃밭의 화성인

장두현

여기는 지구 탐험대
화성 본부 나와라 오버,
지구는 온통 노란색이다
땅에 기어 다니는 것은
보이지 않고 온통 날아
다니는 것밖에 없다
그것도 노란색이다. 오버,

그런데 참 이상하다
다들 한 곳에만 머무는데
그곳엔 꿀이 잔뜩 들어있다
지구는 온통 꿀밭이다. 오버,
나, 노랗게 물들어도 좋으니
여기서 계속 살고 싶다. 오버,
교신 끝 뚜뚜,

신작 동시

낙타의 가방

장두현

사람은 책가방을,
낙타는 산 가방을
등에 메고 다닌다
그러니까
터벅터벅 걸을 수밖에,

낙타야,
너는 지하철은 못 타겠네
가방을 가슴에 메야 하는데
산을 어떻게 옮길 거니
응, 나도 탈 수 있어
걱정 말고 태워주기만 해 봐

깊은 뜻

장두현

하늘이 구름을 걷어 내는 건
새들을 자유롭게 날게 하기 위함이겠지
구름 바위에 받힐까 봐

강물이 깊은 건
물고기들에게 마음껏 수영하라 함이겠지
친구들 많이 만나라고,

바람이 나뭇가지를 흔드는 건
나무의 소화를 돕기 위함이겠지
가만히 서 있기만 하니까

신작 동시

달님이 서쪽으로만 가는 까닭

장두현

동쪽에는 싫은 사람 있고
서쪽에는 보고 싶은 사람 있는가 봐요
얼굴을 예쁘게 화장한 달님이
눈도 한 번 깜빡이지 않고
서쪽으로만 가고 있잖아요
나는 학교에도 집에도
보고 싶은 사람만 있고
싫은 사람은 없는데,

크레파스

장두현

새로 산 크레파스 중에서
초록색 파란색 흰색만
없어졌어요

어, 그런데
산은 초록색 옷으로
냇물은 파란색의 깊이로
하늘엔 하얀색의 솜이불이
깔려 있네요

그럼 내일은
빨간색만 둬야겠어요
빨간 꽃이 필 것 아니에요

글에서 떠오르는 장면을 그림으로 그려보아요

당선소감 장두현

동심의 세계에서 계속 살아갈 수 있도록 힘을 주신 심사위원님과 모든 분께 영광을 돌립니다.

사람이니 사람답게 살아보려고 다짐합니다만 가식과 과욕을 안고서 근심에 걱정을 더하는 그 혼절조차도 애써 외면하며 살고 있습니다.

신종 코로나 바이러스 감염증(코로나19)으로 인해 모두가 어려운 상황이지만 어린아이의 천진무구한 맑은 눈망울에서 새 희망이란 초심을 찾아보시면 어떻겠습니까.

보잘것없는 글이지만 삶에 조금이나마 위안이 되었으면 합니다.

감사합니다.

“동심 지키며 상상력과 깊이·재미까지 두루 갖춰”

응모작이 예년에 비해 크게 늘었으며 그 작품의 수준 또한 기대 이상으로 높았다. 최종심에 오른 작품은 '별', '나푼젤에게', '밥', '개구리 구슬치기'였다. 상상과 묘사가 뛰어난 네 작품 모두 당선작으로 모자람이 없는 작품이었다. 특히 끝까지 겨룬 조진영의 '밥'은 생활 속 소재인 밥을 엄마와 연결하여 밥과 엄마의 소중함을 간결 명료하게 담아 놓았으나 동심과 참신성에서 앞선 장두현의 '개구리 구슬치기'를 윗자리에 놓았다. 당선작 '개구리 구슬치기'는 어린이의 시각으로 자연과 자연의 놀이를 신비롭게 풀어낸 빼어난 작품이다. 응모한 작품 편편이 흥미롭고 신선하며 상상력과 깊이 그리고 재미를 고루 갖춘 장두현의 '개구리 구슬치기'를 한 치의 이견도 없이 당선작으로 올렸다. 당선을 축하드리며 좀 더 갈고닦아 독자들에게 빛나는 작품을 선물하는 큰 시인이 되길 바란다.

심사위원 이창건 · 이화주 아동문학가

경상일보

박 미 영

1968년 당진 출생
한남대, 공주교대 졸업
현) 초등교사
저서 수필집 『마음에 밑줄 긋기』, 『시간채집』
학부모 도움서 『1학년 학부모교과서』, 『1학년이니까 괜찮아』
시집 『신발論』, 『해나루 당진별곡』, 『별의 내력』,
『당신이 신이다』, 『꽃사전』
수상 「시와 시학」 신인상, 공무원문예대전 최우수상,
원종린문학상, 충남문학대상, 당진 제1회 올해의 문학인 당선,
2021년 〈경상일보〉 신춘문예 동시부문 당선
bee318@hanmail.net

별들이 깜박이는 이유

박미영

하늘 배터리가 얼마 안 남았다. 오버.
노을이 빨갛게 위험신호를 보낸다.

저녁은 절전모드로 진행 중

배경부터 어두컴컴하게 밝기조절 완료
바람과 구름도 잠시 멈춤 완료
새들도 가만히 대기모드 완료

하나둘셋넷, 둘둘셋넷…
드디어 나타났다. 오버.

별들이 깜박깜박 하늘을 충전시키고 있다.

수박꽃

박미영

초록 탯줄에 매달린
노란 수박꽃

아무도 모를 거야.
네가 그리 큰 놈이 될 줄은

감정 저장소

박미영

기쁨은 어디에 보관할까?
입안에 넣어두자.
항상 맛볼 수 있게

슬픔은 눈꺼풀 안에 넣어둬야지.
잘 있는지 가끔 닦아주기만 하면 돼.
눈물이 알아서 청소할 테니까.

화는 어디다 보관하지?
불쑥불쑥 튀어나오는 놈이니까
아주 깊이 발바닥쯤에 두어야겠어.
뛰쳐나오면 밟아버리게

설렘은 저장하지 않아도 항상 넘치지.
심장 안에서 콩닥콩닥 샘솟아.
즐거워서 다 퍼주고도 남지.

가벼운 보름달

박미영

하늘에 둥둥 떠 있을 만큼
가벼운 달덩이

호수를 건너다가 그만
발을 헛디뎌 빠지고 말았지.
물 위에 동동 떠 있는 보름달

"우리가 건져줄게."
호숫가 나무들이 손을 뻗었어.
물결은 호숫가로 달을 떠밀어주었지.

바람이 끌어당기는 순간
앗! 보름달이 부서졌어.

물에 녹아버린 줄 알았는데
어느새 하늘로 올라갔네.

신작 동시

까치의 식사

박미영

어제는 감나무 위에서 홍시 밥을 먹더니
오늘은 마당에서 모래 밥을 먹어요.

가끔 숲에서 벌레 밥도 먹고
또 가끔은 물가에서 해초 밥도 먹고
그런데 국은 언제 먹나요?

목이 막혀서
까치가 깍깍깍 울어요.

개나리 울타리

박미영

〈아무도 넘어오지 마세요.〉
노란색 출입금지 선인 줄 알았더니
웬걸!
포토라인이었나 봐요.

팍팍팍
노란 플래시가 터지고 있어요.

글을 읽고 내 생각을 적어보아요.

받아쓰기 100점 받은 기분

아이들을 가르치면서 아이들의 말을 받아쓰기합니다. 제대로 받아적지 못해서 늘 안달이 났었습니다. 수업 중에도 아이들은 제게 시험을 칩니다. 뒤통수에 던지는 한마디 한마디의 말이 모두 동시입니다. 처음에는 듣지 못했던 말, 제대로 못 알아듣고 놓친 말, 일부러 못 들은 척 한 말들이 교실과 운동장에 차고 넘칩니다.

당선의 기쁜 소식을 우리 반 아이들과 함께하지 못해 아쉽습니다. 코로나가 아니었다면 아이들과 즐거운 과자 파티로 생의 찬란한 순간을 같이 나누었을 겁니다. “선생님, 다시 태어나는 게 어떤 건지 알아요?”라고 묻던 아이의 얼굴이 생각납니다. 얼마나 신나는 표정으로 선생님을 축하해줄지 이제 그 아이의 마음을 알 것 같습니다.

저의 동시에 영광을 주신 심사위원님들 감사합니다. 그리고 시만 쓰던 저에게 동시를 쓰도록 주문하시고 가르침을 주신 신익선선생님과 산사시 동인들과 이 기쁨을 함께하고 싶습니다. 세상이 더 환해졌습니다.

심사위원 신현배

자연현상에 대한 참신한 시적 이미지 돋보여

예심을 통과하여 본심에 오른 20명의 작품 71편을 읽었다. 응모작들은 대부분 시적 기량은 안정되어 있었지만, 참신한 발상과 신인다운 패기를 느낄 만한 새로운 작품이 드물었다. 요즘 동시의 경향을 답습하고 있는 듯, 뻔한 내용을 산문적인 진술로 일관한 동시들이 많아서 아쉬웠다. 신인이라면 다양한 소재와 경향의 작품들을 두루 써 보고, 기성의 틀을 깨는 과감한 실험과 모색을 해야 한다.

최종적으로 네 편을 골라내어 비교 검토했다. '터널'은 동심적 발상은 좋았으나 소품으로 그쳤다. '난 괜찮아'는 의인화 기법을 살려 감동을 주고 있지만 너무 상식적인 내용이었다. '아빠 구두'는 동심을 잘 살린 완성도 높은 작품이었지만 낯익은 발상과 표현이 흠이었다.

당선작으로 선정한 '별들이 깜박이는 이유'는 동화적 상상력이 신선했다. 자연현상에 대한 참신한 시적 이미지를 만들어내는 능력이 돋보였다. 함께 응모한 작품들도 역량이 느껴져 앞으로 좋은 작품을 쓸 수 있을 것으로 판단되었다.

당선을 축하하며 더욱 노력하여 빛나는 작품들을 많이 쓰기 바란다.

심사위원 신현배 아동문학가

조선일보

김 광 희

1957년 경주 출생
한국방송통신대학교 국어국문학과 졸업
저서 시집 『발뒤꿈치도 들어 올리면 날개가 된다』
2006 〈전북도민일보〉 신춘 시 당선, 2013년 〈경주문학〉상 수상
2015 이호우 이영도 오누이 시조 신인상 수상,
경북문예진흥기금 수혜,
2016 〈농민신문〉 신춘 시조 당선
2021 〈조선일보〉 신춘 동시 당선
rkavhtntks@hanmail.net

엄마의 꽃밭

김광희

종일 튀김솥 앞에 서서
오징어 감자 튀기는 엄마
밤늦게 팔에다 생감자 발라요.

그거 왜 발라?
예뻐지려고
웃으며 돌아앉아요.

얼마나 예뻐졌을까
곤히 잠든 엄마 팔 걷어 봐요.
양팔에 피어 있는 크고 작은 꽃들

튀김기름 튄 자리마다
맨드라미, 봉숭아, 채송화.
동생과 나를 키운 엄마의 꽃밭

팔뚝에 가만히 얼굴을 묻으면
아릿한 꽃향기에
눈이 촉촉해져요.

신작 동시

전쟁과 평화

김광희

할아버지는 거실에서
트르르륵 푹
유리창이 흔들 흔들

아빠는 안방에서
커르르르 푸하
지붕이 들썩들썩

지붕 날아가면 어쩌지?

거실 갔다
안 방 갔다
어쩌지?

트르르 퐝퐝
커르커르 푸푸
왔다 갔다 어쩌지?

덜컹 들썩
덜컹 덜컹 들썩 들썩
모르겠다 나도 자자

새근새근 음냐 음냐
잠꼬대가 씽씽
집 한 채 꿈 타고 고고 씽씽

기다림이 쑥쑥

김광희

날 태웠던 유모차가
나대신 할머니 부축해서 경로당 간다.
나대신 아침부터 와서 기다리는 햇살 태우고 간다.

할머니 경로당에서 노시는 동안
바람이 졸다가고
구름도 쉬었다 가고
참새도 앉아 놀다 간다.

지루하다 하지 않고
심심하다 하지 않고
종일 햇살이랑 앉아 기다린다.

여름

김광희

감나무 이파리 뒤
문 열린 빈집 한 채

맨발로 집 나간 매미
어디에서 울고 있나

가족들 너 찾느라고
온 동네가 시끄러운데

괜찮아

김광희

코끼리가 풀 다칠까
사뿐사뿐 걸어간다.

풀잎이 등을 내주고
엎드렸다 일어선다.

괜찮아
그것쯤이야
운동한 셈 치지 뭐

보물찾기

김광희

생쥐 한 마리가
구석구석 찾고 있다.

고양이도 현미경도
못 찾는 보물 정보

컴퓨터
창고 속 뒤져
화면에다 쏟아놓는다.

글에서 떠오르는 장면을 그림으로 그려보아요

당선소감 김광희

우리 동네 이름은 쉰능골이다. 능이 오십 개라는 뜻이다. 그 능 속에 너는 있다고 한다. 너에게 가는 길은 어느 왕족의 무덤을 파는 일이라 어렵고 설레고 기대도 크다. 무덤 위에 무성하게 자란 나무며 풀뿌리들 잘라내고 조심스레 흙을 걷어내야 한다. 걷어내는 흙들은 네 모습을 쉬이 보여주지 않으려는 듯 자꾸만 무너져 내려 제자리를 덮는다. 그럴수록 더 파보고 싶은 궁금증이 생긴다.

너는 너무 오래 잊히어 뼈도 없이 흙만 나올 수도 있을 것이고 이미 누군가가 파내어 가버렸을 수도 있다. 그래도 쉬지 않고 파내려 가다 보면 귀걸이 한 쌍이나 잘디잔 유리 목걸이 혹은 이제까지 보지 못한 색 다른 왕관 같은 대작을 만날지도 모를 일.

더구나 나는 오래전 그 어느 왕족의 후손이라는 족보에 얹힌 이름 아닌가. 내 몸이 파낸 흙에 점점 묻히어 갈 무렵 겨우 그 관 뚜껑 앞에 이르렀다. 부디 네가 그 안에서 나를 기다리고 있기를 기대한다.

생전에 아버지는 문장이 되려면 한 우물을 파야 한다고 하셨다. 그 문장이라는 것이 익히 타인에게 배움을 주는 작가라는 뜻이었다. 그런 아버지는 엄마가 서른넷일 때 어린 사 남매가 딸린 과부로 만들었다.

종일 튀김솥 앞에서 팔뚝에 꽃밭을 가꾸던 엄마는 나에게 '문장이 밥 먹여주나 치워라' 하셨다. 사십이 넘어서 다시 널 찾는 나에게 너는 아직도 엄마의 팔뚝에 채송화, 여우꼬리, 개여뀌로 남아 나에게로 왔다. 엄마는 '잘 찔락거린다'고 하시면서도 눈시울을 붉히신다.

이 까끕증 나는 코로나 시대에 든든한 등을 내어주시고 더 할 수 없는 영광을 주신 조선일보에 감사하고 선해 주신 선생님께 감사한 마음을 전합니다.

고함을 질러야 말귀를 알아들으시는 엄마 찐으로 사랑합니다. 나의 늑대 목도리 김일호 시인과 언제나 교실의 아이들에게 초롱초롱한 시선을 맞추는 내 딸 보람이, 4년 안에 헌혈 60번을 더해 100번 채우는 것이 목표인 아들 도형이 고맙고 사랑한다.

엄마의 상처 가득한 팔뚝에서 사랑을 보았다

예년에 비해 발상이 새롭고 기법이 세련된 작품이 늘어나는 등 전반적으로 수준이 향상되었다. 소재도 다양해졌으며 특히 코로나19를 소재로 한 작품이 많은 점이 눈길을 끌었다. 대상을 동심의 관점에서 바라보고 새로운 발견을 보여주거나 아이들의 생활 속에서 생생한 동심을 건져 올린 작품들이 늘어난 것은 긍정적인 점이었다. 다만 아직도 머릿속으로 짜 맞춘 작위적인 작품들이 있어 아쉬움으로 남았다.

'유리 어항'은 열대어를 기르게 된 가족들의 설렘과 기쁨을 깔끔하고 산뜻하게 표현했으나 비유가 너무 평범했다. '반짇고리 속 우리 가족'은 동시조로서 가족들의 특성을 바느질 도구에 비유하여 재미있게 표현하였으나 틀에 박힌 가족관이 흠이었다. '명탐정'은 동화적인 구성으로 이야기를 흥미롭게 풀어가는 솜씨가 돋보였지만 뚜렷한 메시지가 없어 아쉬웠다. '요술 지팡이'는 예사롭지 않은 시적 기량을 보여준 작품이었으나 아이들이 이해하고 공감하기에는 다소 어려운 내용이었다. 그럼에도 불구하고 '명탐정'과 '요술 지팡이'는 떨어뜨리기 아까운 작품들이었다.

당선작으로 뽑은 '엄마의 꽃밭'은 잔잔한 감동의 울림을 주는 작품이었다. 종일 튀김솥에서 오징어 감자를 튀기느라 화상을 입은 팔뚝을 엄마의 꽃밭에 비유하여 엄마의 사랑과 헌신을 나타냈다. 아이들 앞에서 의연하게 웃음을 잃지 않으려는 엄마의 마음과 상처투성이 팔뚝에서 엄마의 뜨거운 사랑의 향기를 맡는 아이들의 마음을 짧고 간결하면서도 인상적으로 표현하였다. 어려움 속에서도 웃음과 감사의 마음을 잃지 않는 엄마와 아이의 마음이 꽃밭처럼 어우러져 우리에게 아릿한 아픔과 함께 가슴 잔잔한 감동을 준다.

심사위원 이준관 아동문학가

한국일보

최영동

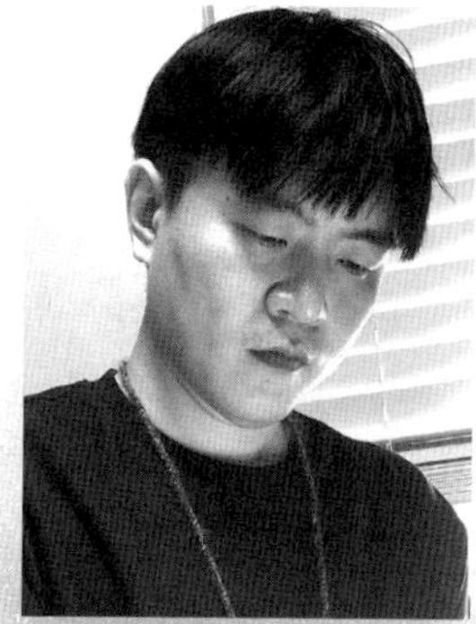

1981년 부산 출생
서강대 언론대학원 졸업
2019 〈한국일보〉 신춘문예 동화 부문 당선
2021 〈한국일보〉 신춘문예 동시 부문 당선
agiyd@hanmail.net

검은 고양이

최영동

전봇대 밑을
두리번거리는 그림자
그 속에서 발톱이 솟아올랐다

날카롭게 가다듬은 발톱에
아무것도 걸려들지 않아
등뼈는 어제보다 하늘로 솟구치고
뱃가죽은 전단지처럼 펄럭거리네

사방에 참치 캔이 구르고
살코기가 있던 자리
혓바닥보다 콧잔등이
먼저 파고들었어

살코기 한 점 남아있지 않은
오늘 저녁

지붕 너머로
번쩍
저녁을 낚아채려는
고양이의 앞발

솟아오르는 발톱에
걸려드는
생선 꼬리 같은
골목의 불빛들

똑똑똑

최영동

빗방울이

똑
  똑
    똑

얼어붙은 연못을

똑
  똑
    똑

두드리는 소리

똑
  똑
    똑

겨울잠 자던
붕어 한 마리

똑
  똑
    똑

지붕 두드리는 소리에

똑
  똑
    똑

누가 날 찾아왔지?

똑
  똑
    똑

오랫동안
청소도 못 했는데

똑
  똑
    똑

긴 잠에서 깨어나

똑
똑
똑

잠가둔 문들을
하나둘
열어보는 시간

똑
똑
똑

사과 한 알

최영동

꼭 놀러 와야 해
알았지?

네가 이사 간다고
내 손에 덥석 쥐여준 사과 한 알

멀어지는 이삿짐 트럭
뒤로 한 채
집으로 오는 길
가방엔
사과 향기 가득 넘쳐흘렀어

아차,
손에 쥐려다 떨어뜨린
사과 한 알

어느새
데구르르
퍼져가는 사과향

멀리멀리
너와 뛰놀던
골목까지
넘쳐흐르고

신작 동시

어항을 보며 끄적이던 어느 우주과학자의 아침 낙서

최영동

붕어야,
너도
하늘 보며
한숨 뻐끔
또 하늘 보며
한숨 뻐끔
나처럼 매일
그러는 거니?

저 아래
자갈 밑에서
솟아오르는
공기 방울처럼

너도
지구 어항 밖으로
환하게
탈출하고 싶은 거니?

밖으로,
저 바깥세상으로
있는 힘껏
헤엄쳐보고 싶은 거니?
너도?

신작 동시

7시 30분에 멈춘 알람시계

최영동

오늘도 난
7시 30분이야
다 너
때
문
에

낮에도
밤에도
7시 30분

어제 또 건전지
사는 거 까먹고
잠들어 버린
너
때
문
에

오늘도 지각인 줄 모르고
이불 속에서

따르릉따르릉
드르렁드르렁

두 발 힘껏 페달을 밟고 있는
너
때
문
에

울고 있는 걸 모르지?

자전거 불빛처럼
환하게
밝혀주고픈

7시 30분을 잊은
너
때
문
에

나무의자만 덩그러니

최영동

매일 아침
감나무 올려다보며
구부정한 별을 쬐던 할아버지
어디로 갔을까

짧은 한쪽 다리 때문에
삐거덕거리던
나무의자만
덩그러니

안녕하세요
인사드리면
대답보다 더 빨리
의자에 올라
감을 따던 할아버지

잘 익은 감 하나
내밀며
더 못 따줘 미안해
참 미안해

삐거덕삐거덕
오랫동안
내려오지 못하던

이젠
할아버지
손에 닿지 않은
감들이
툭
툭
떨어지고 있네

어디로 갔을까

하나둘
쌓여가는 감들에
삐거덕거리는
나무의자만
덩그러니

글을 읽고 내 생각을 적어보아요.

검은 고양이가 활보할 세상을 지켜봐 주세요

정말이지 어떤 말을 해야 할지 하나도 생각나질 않았습니다. 전혀 예상치 못한 일이라 앞뒤가 딱 끊긴 시점에 서 있는 느낌입니다.

제게 동시는 멀리서만 지켜보던 짝사랑 같은 존재입니다. 제 가장 안쪽의 시심을 적어 내려가면서도 고개를 가로저으며 서랍 속에 그 마음을 오래 묵혀두었습니다. 잊었다고 생각하면서도 문득 정신을 차리고 보면, 제 언어들은 동시 언저리를 향해 가고 있었습니다.

그동안 여러 색깔의 어둠과 어깨동무 하며 지내왔지만, 올해는 제가 경험해보지 못한 가장 아픈 색깔의 어둠과 손잡고 지냈습니다.

얕은 바람만 불어도 자주 마음이 넘어지던 어릴 적 어느 날이었습니다. 혼자 무척 깜깜한 긴 터널을 지나고 있었을 때였어요. 그때 부리나케 달려와 제 손을 꽉 잡아주셨던 아빠의 모습을 기억합니다. 터널을 빠져나오고 나서야 알았습니다. 아빠는 울고 계셨습니다.

믿기지 않는 수상 소식을 듣고, 멍하니 앉아있는데 그때의 아빠 모습이 떠올랐습니다. 얼마나 기뻐하실까 생각해봅니다. 올해 당신을 떠나보낸 자리가 한없이 크게 느껴지는 시간입니다.

부족한 작품에 환하게 길을 내어주신 심사위원 여러분과 제

영혼의 고향과도 같은 한국일보사에 먼저 큰절을 올립니다.

아픔의 시간을 함께 보낸 사랑하는 엄마와 누나, 그리고 매형, 조카 루오에게 새해 선물을 바칠 수 있어 참으로 기쁩니다. 묵묵하게 곁을 지켜주고 계신 김재만 삼촌께 함께 감사의 마음을 전합니다.

금 같은 조언으로 끝까지 동시를 쓸 수 있게 도와준 든든한 동료 작가 김성진 시인에게 고마움을 표합니다. 어려움의 순간마다 거울이 되어주신 존경하는 동료 선생님들께 깊은 감사 인사를 전합니다. 수없이 절 일으켜준 벗들의 이름을 불러봅니다. 어떻게 흘러갔는지도 모를, 절대고독의 시간마다 제 손을 꽉 잡아준 더없이 아름다운 나의 친구들. 절 지탱하게 해준 그 소중한 이름 앞에 제 모든 사랑의 마음을 바칩니다.

가장 여린 자리에서 가장 단단한 힘이 나온다는 걸 알려주신 사랑하는 나의 아빠, 보고 싶어요.

여기, 검은 고양이가 활보할 세상을 지켜봐 주세요. 앞으로 넘어지지 않겠다는 말은 차마 못 하겠습니다. 하지만 계속 넘어지더라도 제 언어의 힘을 믿고, 수많은 터널을 지나 뚜벅뚜벅 앞으로 나아가겠습니다.

심사평

"제도와 규정 너머의 강렬한 목소리"

신종 전염병으로 달라진 일상을 꼬박 사계절 동안 지나오며 문학도 앞으로 달라질지 생각해보는 시절이다. 철저한 방역을 준수하느라 등교도 못한 어린이야말로 가장 많이 달라진 일상을 경험했을 텐데, 그렇다면 지금 아동문학은 무엇을 말해야 할지도 고민한다. 이 순간을 재현하고 위무하는 작품만큼이나 개인과 사회의 관계를 좀 더 너른 지평에서 바라보게 하는 시선이 필요하지 않을까 싶다.

이번 응모작에서는 자신만의 언어로 새로운 동시를 만들어가려는 시도가 많이 보여 무엇보다 반가웠다. 그러한 태도라면 어린이와 만나고 나눌 이야기가 많아질 거라는 믿음이 들었다. 최근 동시가 획일화되는 경향에 대한 우려도 잠재울 만했다.

그런 기대를 안고 최종 논의한 작품은 '인디언', '초록을 되찾는 비법', '검은 고양이', '일기' 4편이었다. 먼저 '인디언'은 인디언 놀이를 통해 어린이의 현실 세계가 색다른 시공간으로 성큼 변화하는 가운데 어린이가 환상 세계의 주인공이 되는 장면을 한 권의 그림책처럼 실감나게 보여주었다. 그러나 아쉽게도 이외 작품에서는 이만한 즐거움을 찾거나 완성도를 담보하기 어려웠다. 이에 비해 '초록을 되찾는 비법'을 포함한 응모작은 큰 흠을 하나 발견할 수 없을 정도로 모든 작품이 안정됐지만 독자의 마음에 가닿는 힘이 잘 보이지 않았다. 상상이 공상으로 끝나지 않으려면 무엇이 필요한지 고민해주시길, 모든 응모자께 아울러 부탁드린다.

'검은 고양이'와 '일기'는 어느 편을 내놓아도 신춘문예 당선작에 맞갖을 만한데다가 둘의 스타일이 너무나 달라 마지막에 이 두 작품을 놓고 치열한 논의를 거듭했다. 제도와 규정 너머의 강렬한 목소리가 자신감 넘치는 '검은 고양이'와, 지적이고 세련된 감성으로 자기 성찰을 아름답게 그린 '일기' 모두, 우리 동시를 전복하고 확장시키기에 충분했다.

그럼에도 '검은 고양이'가 눈을 떼지 못하게 하는 묵직한 끌림으로 소통하는 지점이 좀 더 넓다 판단하고 당선작으로 정했다. 당선자께 큰 축하를 건네며, 복종에 길들여지지 않은 길고양이 같은 동시를 계속 만나길 기대한다. '일기'의 응모자 또한 '생생한 기억' '잊혀진 친구' '어지러운 기억'의 구체성을 어린이에게 말할 수 있을 때 어디서든 곧 만날 수 있으리라 바라본다.

심사위원 김유진 아동문학평론가 · 김개미 시인